すみなれたからだで

窪美澄

kawade bunko

河出書房新社

目次

父を山に棄てに行く　7
インフルエンザの左岸から　31
猫降る曇天　51
すみなれたからだで　63
バイタルサイン　75
銀紙色のアンタレス　125
朧月夜のスーヴェニア　171
猫と春　211
夜と粥　235
あとがき　259

すみなれたからだで

父を山に棄てに行く

三年前のよく晴れた冬の日、五日市《いつかいち》線の終着駅にいた。

ホームに降り立った途端、きりりと引き締まった冷たい風が吹いてきて、思わずマフラーを口元まで引き上げる。

朝一番で父の住んでいた町の市役所に出向いて、転出届の手続きを済ませ、この駅に昼前に到着した。時刻表を確認すると、次のバスが出るのは一時間後ということがわかった。駅から軽く一時間はかかりますよ、と施設の人に、昨日の電話で聞かされていたので、タクシーに乗るのはあきらめる。駅前にはファストフードの店や喫茶店らしきものは見あたらず、仕方がないので、パン屋さんの二階にある喫茶スペースで、やりかけの仕事をすることにした。

そのとき、更年期の体と心のトラブルを楽にするエクササイズ、という女性誌の特集記事を作っていた。監修者は、都内にいくつもの教室を開いている六十歳に近い女性インストラクターだった。忙しいスケジュールをおさえて、撮影日を確保し、スタジオでひととおりのエクササイズを実際にやってもらい、それを写真に撮影し、エクササイズの段取りを取材し、原稿にまとめる。ライターとしてその仕事に参加していたが、二十代半ばの若い男性編集者は予想どおり使いものにはならず、編集的な雑務の多くを、なし崩し的にこちらが請け負うはめになっていた。

手の角度が微妙に違う。肩が上がり過ぎている。こちらの顔のほうがいいと思うのよね。監修者が出来上がった写真を選ぶだけで、昨日一日がつぶれた。帰り際に渡された原稿のコピーには真っ赤になるほど訂正が入っている。その分厚い紙の束をめくりながら、どっちでもいいんじゃないかな。この記事をまじめに読む人なんていないんだし。心のなかで泡が立つようなつぶやきを奥底にしまいこんで、訂正部分を何とか指定の文字数のなかにおさめる。

時計を見ても、まだ三十分しか経《た》っていない。

仕事にも飽きて、カバンから飛び出したクリアファイルを取り出す。子供と二人で暮らす部屋の間取り図。敷金、礼金、生活道具のもろもろで、貯金はおもしろいようになくなっていった。

窓に面したカウンター席から差し込む冬の日差しが眠けを誘う。

黒い色がついただけのコーヒー風の液体を一口飲んで、タクシーが並ぶターミナルを見る。平日の昼過ぎ。駅のまわりは閑散としている。あの頃と、駅舎も、駅のまわりもその風景はずいぶん変わっているが。二十年以上前、週末になるとこの駅に降り立った。子供の父親がこの駅のそばに住んでいた。都内はとても住むところじゃない。そう言って、都内の仕事場までバイクで通っていた。山のなかの古い民家を借り、畑を作って生活していた。土鍋で玄米を炊き、ごましおをふって食べる。洗剤を使わない。冬は薪ストーブを焚いた。そんなふうに生活をする人を初めて見た。

映画を見るとか、お茶を飲むとか、そんなふうなことをしたことはない。ただ、会って、山のなかを歩き、たくさんの話をした。時々は東京を離れて車で遠くまで行った。奈良の吉野の山奥まで行ったこともある。滝に続く誰もいない山道を歩いていると、不安に駆られた。いきなり、この人に首をしめられるんじゃないか、と。

なぜ、そんな想像が生まれるのかわからなかった。その理由がわかるのは、彼との結婚生活がいよいよはっきりとだめになって、鬱《うつ》になり、心療内科に通うようになってからだ。カウンセリングの途中で、私の頭のなかで点状に放置されていたいくつかの記憶が結びついた。子供の頃、父は私の手をとって、山のなかをさまよっていた。あのとき、父はこの世から消える場所を探していたのだ。

生まれた家は商売をする古い家だった。

家の外には蔵があり、家の中には大きな神棚があった。そこには家の守り神である蛇が棲《す》んでいる、と、小さなころ祖母から聞かされた。

父は早い時期に祖父を亡くし、十八歳で家業を継いだ。とはいうものの、実質的に家業を切り盛りしていたのは、祖母である。妻を亡くした男の元へ嫁ぎ、四人の子供を産み、夫に先立たれ、女手一つで商売をしながら子供たちを育てあげた。私が生まれる十日前、末の子供を交通事故で亡くしている。そのせいもあったのか、生まれたばかりの私を母親の手から取り上げて、祖母は舐《な》めるように育てた。自分の子供たちにも孫にもあふれるような愛情を注いだが、その子育てはあまりうまくはいかなかった。誰一人まともな大人にならなかったのだから。

一度こうと決めたことは絶対に守る人だった。商いをしている家だからか、あいさつには厳しかった。祖母に行ってきます、と言わずに出かけてしまったために、その日は寝るまで口をきいてくれなかったこともある。

私の住む町には多摩川が流れていて、その川のそばには在日韓国人の家族が住む集落があった。夜になると、そこから一人の鍼灸師《しんきゅうし》のおばさんがやって来て、祖母の体にたくさんの鍼《はり》を打った。時々、パーマを強くあてたそのおばさんや小指のないおじさんが、祖母のもとにやって来て、大きな声を上げて泣いた。床に顔をこすりつけるようにして吐くように泣いていた。そうした人たちの背中をいつまでもさすり続ける祖母の丸い背中を覚えている。

もう誰も、私の生まれた家がどうして、どこからだめになったのか正確なことを教えてくれる人がいないので、くわしい経過はわからないが、最終的には、私の家族は家や土地や店、一切合財すべてを無くした。パワーショベルがやって来て、昨日まで住んでいた家をめりめりと音を立てて壊していった。立ちのぼる砂ぼこりを吸わないように口を手で覆った。そこにあったはずのすべてのものが壊れた。世界はいとも簡単に消え去る。それを十二歳のときに知った。

家のそばには小さな川が流れていて、その川のそばに母親と二人で立ち、思っていたよりも短い時間で家が壊されていくのを見ていた。そのとき、川のへりを真珠のようなとろりとした輝きをまとった蛇が、うねうねと這《は》っていくのを見た。夕陽《ゆうひ》に照らされると、その細長い体が朱色がかって見えた。神棚に棲んでいた蛇なのだと思った。

しかし、大人になって思い返すと、本当にあの蛇を見たのかどうか、その記憶が途端に曖昧になる。家を壊されたショックで子供の自分が作り出したものなのじゃないか、と思ったりもした。それがとても大事なことのような気がして、カウンセリングをしてくれた先生に話したことがある。けれども、私の期待に反して、医師はあまり興味を示してくれなかった。話さなければよかったと、ほんの少しがっかりした。

家が壊されるその一年ほど前から、父は私をよく車で連れ出した。奥多摩の山のなかやダムのそば、人気《ひとけ》のない場所に車で連れて行かれた。口数の少ない人だったので、車のなかや、連れて行かれたその場所で、父と何か話をした記憶はない。住んでいる町を遠く離れた山のなかをよく歩いた。覚えているのは、カーラジオから流れてくる、日曜お昼の退屈すぎるAM放送と、夕暮れの渋滞の車のテールランプ。その当時、祖母と母との諍《いさか》いは日に日に激しくなっていったから、父にはそこから逃げ出したいという気持ちもあったのかもしれない。

母がある日、子供たちを置いて実家に戻ってしまったのは、家が取り壊された直後のことである。母には母なりの理由があった。けれども私には、「母親に棄《す》てられた子供ではない」と自分を納得させるために、その理由をあれこれ考える必要があった。成長をして、恋愛をして、結婚をして、子供を持って、そのたびに母の気持ちを理解しようとした。自分の人生を生きるために、つまり、生きのびるために、そう考えてきた。それでもやはり、不可解なもの、ざらりとした感触の砂のようなものが心に残った。母は三人いる子供の誰も連れて行かなかった。母にしてみれば、実家に戻るのは一時的なもので、いずれは婚家に戻ってくるつもりでいたのだと思う。しかし、こうと決めたら最後までそれを貫きとおす祖母は、母の行動を絶対に許さなかった。

下の弟は母が家を出たとき、まだ四歳だった。

「母親が自分の子供を置いたまま出て行けるものだろうか」

自分が産んだ子供が四歳になったときに考えてみた。とはいえ、答えを出すまでもなく、自分には帰る家がないから不可能なのだった。母親とは二十七歳になって再会したが、母親との距離はこの年齢になってもいまだに遠ざかったり、近づいたりする。四十五歳にもなって何を、とは思うが、自分のどこかには、まだあのときの十二歳の自分がいて、泣きもせず、ぽかりと口を開けたまま、なすすべもない事態に立ちつくしているような気がするのだ。

バスの時間が近づいてきたので、マグカップをトレイに載せて片付ける。うしろのテーブル席では、背中に赤んぼうをおんぶした若い母親が、前に座った三歳くらいの男の子の口に小さくちぎったパンを運んでいる。口をもぐもぐさせているその子の視線を感じながら、足元が見えない急勾配の狭い階段をそろりと降りていく。

最初の子供を妊娠したとき、この駅のそばに住まないか、という話があった。子供の父親の友人が畑付きの家を貸してくれる、という。しかし、直前になって断られた。どうやら私に問題があるようだった。貸してくれる、と言ったその人たちとは、妊娠前に一度しか会ったことがなかった。会ったこともない人から、ヒステリックに「嫌い」と言われることは、学生時代からしばしばあったので、驚きはしなかった。

子供の父親のまわりには、編集者、翻訳者、コピーライター、デザイナー、カメラマン、といった人たちがいた。バブルが崩壊したとはいえ、九〇年代前半はまだ、そうした人たちが楽に生きていけるだけの仕事が日本にはあった。当時の彼らは自分の人生を自分で切り開いていく、という自信と希望に満ちあふれていた。そうした人たちからよく聞かれた。

「あなたは何がしたいの？」「将来、何になりたいの？」

何の目的もなく、その場限りのアルバイトで食いつないでいる私にそう言った。生きたいように、行きたい方向に、自分の人生の舵を取れるとは到底思えなかった。そう言われると、もごもごと口ごもってしまう私に彼らはさらに続けた。

「私はやりたいことは全部実現させてきたからね」

鼻息荒くそう言われ、言い返す言葉も見つからないまま、心のなかでぎりぎりと歯ぎしりをした。図々しいおばちゃんになった今なら、「やりたいことがやれた」あなたの実力は、景気の良さにも底上げされているでしょう、と憎々しげに言葉を返すこともできるのだけれど。

耳の痛いことを言う彼らと距離を置きながらも、どうしようもなく影響を受けてしまった部分がある。例えば、最初の子供を病院ではなく助産院で産もうと思ったことも、そのひとつだ。たまたまそのとき住んでいた場所の近くに助産院があった。病院と助産院との違いもわからぬまま、「自然分娩《ぶんべん》っていいよね」とはしゃいでいた自分を思い出すと壁に頭を打ちつけたくなる。いまどきの若い母親の言動の愚かさなど到底笑うことはできない。

その助産院で温かい手に触れた。

そんなふうに触れられた経験は生まれて初めてだった。命を宿した自分の体を、助産師という女性たちがとても大事なもののように扱ってくれたのだ。母的なもの、に初めてそのとき触れたのかもしれないと思う。照れもなく、罪悪感もなく、ありのままの体のことについて教えてくれる人たちだった。今まで会った誰も、そんなふうに体のことを語る人はいなかった。その直前まで、広告制作をする会社で、昼となく夜となく、男性に混じって働き、会社の床に寝るような生活をしてきた自分にとっては、ここでやっと休める、という気持ちだった。

アルバイトから社員にしてもらった会社を妊娠八カ月で退社した。

月が満ちて、満月の日に生まれた子は、生後十八日目の夜に様子がおかしくなった。母乳をまったく飲まなくなり、目を開けなくなった。多分そのときには、すでに意識がなくなっていたのだろうと思う。子供がそんなふうになっても、「自然治癒力でなんとかならないのか」と、愚かにも考えていた。子供を抱え、朝を迎えてから大きな病院に行き、普通の患者さんたちと同じように順番を待った。長い待ち時間を終えて診察室に入ると、私が抱っこしていた子供を見るなり、女性医師の顔色が変わった。

そこから、また違う病院に搬送された。どれくらいの緊急度なのか、私にはまったたくわからなかった。けれど、救急車のなかで、子供はすでにその小さな心臓を止めようとしていた。その病院で一晩過ごした。出産して以来、母乳をあげ続けていたから、排乳していない乳房は青筋を浮き上がらせてぱんぱんに張り、熱を持っていた。小児科病棟の看護師さんに、母乳をしぼる搾乳器のようなものはないかと聞いたけれど、「さくにゅうき、ですか?」と初めてその名前を聞いたように首をかしげた。そんなものはここにはないようだった。下の産科病棟にはあるんじゃないか、と思ったけれど、忙しそうな彼女にそれ以上聞くことができなかった。仕方がないので洗面所に行き、自分の手でしぼった。お産に立ち会ったとき、小さな頃から牛の出産を見ていた子供の父親は、「牛とまるで同じなので驚いた」とつぶやいた。ひどいなー、とそのときは思ったけれど、洗面ボウルを汚す白い液体を見ていると、やはり自分もただの、一匹の哺乳動物でしかないという気分になるのだった。

子供は夜明けまでもたなかった。死んだ子を抱いたとき、ぐずる子供をあやすときのように体を揺らしてしまう私を見て子供の父親が首を横に振った。点滴の針が刺さっていたか細い腕には、サンリオのキャラクター、けろけろけろっぴの緑色の絆創膏《ばんそうこう》が巻かれていた。子供の体を解剖することに同意したので、子供をそのまま病院に置いて家に帰らなければいけなかった。病院の一階、照明のついていないホールで、子供の父親が公衆電話をかけているのを、ぼんやり見ていた。まだ、携帯電話もない時代だった。

　薄暗い廊下の向こうから、ストライプのパジャマを着た中年の男性がふらふらと歩いて来た。眠れないのか、早起きしたのか、廊下を何度も行ったり来たりしている。なぜだか目がかすんで、あの人が、幽霊なのか、人間なのかも、判断できなかった。別に幽霊であっても怖くはなかった。そこからの記憶は曖昧で、覚えている風景にもどういうわけだか、あまり色がついていない。新大久保のその大きな病院を出て、振り返ると、建物全体が雨で霞《かす》んでいた。マウンテンパーカーのフードをかぶった子供の父親が、「吸う？」と言って吸いかけの煙草《たばこ》を差し出した。私自身は妊娠前から煙草はやめていた。首を横に振るのがやっとだった。

　タクシーに乗って自宅に帰った。前日の朝、子供を連れて出て行ったままになっていた。部屋中が乳くさいにおいで満ちていた。敷いたままだった布団にどさりと体を横たえると、浴室から子供の父親の嗚咽《おえつ》が聞こえてきた。私には、悲しい、という感情はまだ湧いてこなかった。ぷつんと意識を失うように眠ってしまいたかったから、その泣き声をわずらわしく感じた。うとうとしながら、そういえば浴室には、下洗いする前の汚れた布おむつが、プラスチックのバケツに浸ったままになっていたことを思い出した。彼は、死んでしまった子供の便のにおいを嗅《か》いで泣いているのだった。

今思えば、彼は家事も育児もよくやったと思う。若い父親だったけれど。布おむつを手洗いし、子供をベビーバスに入れて、毎日沐浴《もくよく》させた。産後、誰の手も借りずに私たちは三人でその生活を乗りきった。けれども、その生活は、たったの十九日間で終わってしまった。

バスがやっとやって来た。三人だけの乗客を乗せて、シュッという音を立ててドアが閉まり、走り始めた。

子供が死んで一年は、子供の父親の実家から、遺骨はしばらくそばに置いたほうがいい、と言われ、小さな骨壺《こつつぼ》がいつもそばにあった。子供の父親が買ってきた食材で食事を作り、洗濯をし、掃除機をかけ、生きていくための雑務をこなしながら、形のあった温かな生きものが、そんなふうに乾いた小さなものになることをいつも意識していた。身近に死を感じながら、自分の生の不思議を思った。その頃、生と死の境界線はくっきりとした輪郭がなくなっていて、常に曖昧模糊《もこ》としていた。

そんなある日、洗濯機が壊れてしまい、コインランドリーにたまった洗濯物を持って洗濯をしに行った。久しぶりに家の外に出た。真ん中に穴の開いた丸椅子に座って、ぐるぐる回る洗濯物を見ていたら、雲間から顔を出した夕陽が私の顔を照らした。天井近くの棚には、小さなブラウン管テレビがつけっぱなしになっていた。長い間、テレビを見ていなかった。くだらないバラエティー番組。とってつけたような効果音の笑い声。自分がばらばらに壊れるような出来事が起こっても、世界は変わらなかった。その日、世界の残酷さとばかばかしさとたくましさに素手で触れたのだった。どういう魔法が起こったかはわからない。けれど、薄汚れたそのコインランドリーで、地上からふわふわと浮いていた足の裏側が、磁石と磁石とがくっつくように、地面にぴたっとくっついたような気がした。その日を境に少しずつ外に出るようになった。

「子供が欲しいと思っているなら、早くそうしたほうがいい。考えすぎてしまうとなかなかできなくなるから」

偶然にもバスの中で会った助産院の院長先生がそう言った。誰もそんなふうに言ってはくれなかった。お母さんがそんなに悲しんでいると亡くなった子供も悲しがるよ。あの子はきちんと役目を果たして天国に行ったのだから。心やさしい人たちの言葉はするすると耳を通り過ぎてしまっていた。それがどんなに善意から生まれた言葉であっても、悲しみにくれる人にはまったく届かない、ということを身を以て知ったのだった。

院長先生のその言葉だけが、子供を亡くした母親に響く、現実的で確かなアドバイスだった。その言葉だけが私の真ん中をとらえた。

ほどなくして妊娠した。自分の心はこんなにも折れやすく、弱いと思っているのに、それに反して私の体はとことん頑丈で野蛮だった。

その頃、父は仕事を転々としていた。会うたびに仕事が変わっていた。妊娠中の私のところに、何度か来てくれた記憶があるが、帰り際になると、車にガソリンを入れたいんだけど細かいお金がなくて。そのようなことを目を伏せて言った。まさか、自分の父がヒモのようになるとは思いもしなかったが、わかったわかった、と言いながら、テーブルの上に折りたたんだ数枚の千円札を置いてしまうのだった。

子供の頃、父に大きな声で怒られたこともなければ、殴られたこともない。けれどもたった一度だけ、静かな声で父にとがめられたことがある。家が壊され、母親もいなくなってしまったとき、思わず「お父さんの子供で恥ずかしい」と面と向かって言ってしまったことがあった。

君の言葉や言い方は人を傷つける。口は災いのもとなのだから。気をつけたほうがいい。という内容のことを、しばらく黙っていたあとに父はぽつりぽつりと口にした。思ったとおりのことを言っただけなのに、そんなことを言われたことがショックで、ぷいと横をむいたまま、私も黙ってしまった。でも、そのとき以来、父親の言葉は私のなかに鉛のおもりのように、深く沈んでいった。それは口数の少ない父親が私に放った、たったひとつの忠告のようなものだった。

そう言われたにもかかわらず、何度も言葉で失敗した。何人もの人を痛めつけた。会社員として仕事をしていたときも、私の言葉に腹を立てた同僚から「男だったら殴っている」とよく言われた。自分が正しいと思ったことを曲げることがどうしてもできなかった。

最初の子供が死んだあと、二人の大切な友人とこちらから縁を切った。彼女たちの放った一言が、そのときの私はどうしても許せなかったのだ。私が悪かった、と何度もあやまる友人をひどい言葉でつっぱねた。家族を解散するときにも、言葉で子供の父親を徹底的に痛めつけた。いちばん身近にいてくれる人や、自分に親身になってくれる人にひどい言葉を投げかけるのは、どこまでなら許してくれるかを測る甘えでしかない。そう頭でわかっても、何度でも同じことを繰り返してしまう。愚かだとは思うが、多分、これからも何度でも繰り返すだろうと簡単に予想がつく。

けれど、父にはたった一度しか言えなかった。

十二歳のとき、「お父さんの子供で恥ずかしい」と言ったあと、どうしても父を責めることができなかった。お金の無心も断れなかった。経済的に行き詰まると、父は自殺未遂をした。警察や病院から電話が来るたびに、心臓が締め上げられるような思いがした。父はいつでも死にたがっていた。けれど、いつも死なない人だった。

バスはゆるゆると続く山道を上り始めた。東京とは思えない山の景色が車窓に流れていく。山のなかにぽつぽつと見える古い家。どうやってこのバス会社の経営が成り立っているのかと思うけれど、このバスがなくなれば生命線が断たれてしまう人もいるのだろう。三十分ほど経つと、駅から乗った乗客は全員降りてしまい、車内には私一人になった。太陽はすでに山の向こうに落ち始めていた。山が深くなり、やがて民家もほとんど見えなくなる。窓の外の変わらない景色を見ているとわき起こってくる眠けを、必死で振り払う。緊張しているせいなのか、自分が座っているブルーの座席の、偽のベルベットのような手触りを何度も確かめてしまう。

二番目に生まれた子供も、念のため、ということで、生後数日、ＮＩＣＵ（新生児集中治療室）にお世話になった。体に異常はなかったが、子供を連れて自宅に戻ったあとも、子供が生まれた喜びよりも、子供を死なせない緊張感のほうが大きかった。生後十九日までは生きた心地がしなかった。その日を過ぎても、怖々と子育てをする私を見て、とある方が「仕事をしないか」と声をかけてくれた。私が子供と二人、狭い世界に閉じこもって子育てをしているのを心配してくれたのだろうと思う。経済的にも専業主婦でいられる余裕はなかった。子供が成長していくのに、このまま経済がたちゆかなくなるわけにはいかなかった。出版前の本のゲラを持って、出版社に飛び込みで営業に行った。キャリアがなくても、どんな小さな仕事でもこなせる小回りのきくライターが求められていた。幸運なことに、「じゃあ来週取材に行けますか？」と声をかけていただき、そのままライターとしての仕事がスタートした。

子供は二歳になる直前に保育園に預けた。生まれた直後から保育園に預けられている子供たち、そしてその母はたくましかった。甘やかして育てたつもりはなかったが、一人で靴も履けずにぼんやりしている子供を見て、保育士さんに、「この子は何もできない猫の子みたい」と言われた。子供にとっても、いきなり台風のなかに放り込まれる日々が始まったのだ。

見ず知らずの出版社に電話をかけ、初対面の担当者に会い、仕事をもらう私を、子供の父親は驚きの目で見た。私がそんな大胆なことをする人間だとは思わなかったのだと思う。私が何度も頭を下げ、やっとの思いでもらってきた仕事を「それはライターがする最低の仕事だ」と言われたこともある。デザイナーとしてのキャリアも長く、仕事を続けてきた彼にも彼なりのプライドがあった。けれど、じりじりと出版業界に翳《かげ》りが見え始めていた。求められるのは、プライドのある仕事人ではなく、厳しい納期を守って、なんでもこなす、器用な人間だった。

最初の子供を産んで、その子が死んで、次の子供が生まれて、そんなプロセスのなかで、私という人間の組成は次第に変わっていったのだと思う。端から見れば、ずいぶんやぶれかぶれのように見えたかもしれない。仕事をするときに怖いことはあんまりなかった。仕事で失敗をしても、命まではとられないんだから。そんなふうに考えていた。自分の人生を自分の足で歩き始めてみたら、おもしろいようにドアが開いていった。三十代半ば近くになって、やっと自分の人生の舵を取り始めたのだった。仕事は途切れずにやってきたし、子供も健康で大きな病気をすることなく、成長していった。何も足りないものはない。何も欠けてはいない。家族三人でこのままいられればいい。

そう思っていたのに、私と子供の父親との道はどこかの瞬間で違ってしまっていた。気づいたのは、子供が十歳になった頃だ。ライターの仕事だけでは物足りなくて、小説までも書き始めていた。いきなり、書くことに集中し始めた人間のいる家庭は、子供の父親にとって、さぞや居心地が悪かっただろう。私の頭のなかはくるくると現在と過去と、未来を行き来して、彼と話をしていてもどこか上の空だった。

小説を書き始めた途端、自分の父や、母や、自分の生まれ育った家のことや、子供を亡くした経験や、「なんでもなかったこと」として自分の奥深くに押し込めていたそれまでの体験が、濁流のように押し寄せてきた。話をしていて、いきなり泣き始めてしまう面倒くさい人間になっていた。自分の体が抱えきれない記憶に浸蝕されて、次にやってきたのは鬱だった。この時期は、彼の母親が病に倒れたときでもあった。彼自身の仕事の問題もあった。衝突が増えていった。

子供が深く眠ったあと、声を押し殺して彼を責めた。あなたがいちばん支えるべきなのは、私なのではないか。どちらが大事なのか。面倒で、答えが出ないそんな問いを常に彼につきつけていた。そんな日々が続いても働く必要があったので、抗鬱剤をのみながら仕事をしていた。心療内科での週に一度のカウンセリング。三十分間、私はしゃべり続けた。お金を払って他人に話を聞いてもらった。前のめりになって早口で。言葉にして出さないと自分が壊れてしまいそうだった。それは教会で行われる懺《ざん》悔《げ》のようなものだった。グレイだった記憶が突然着色されて鮮やかによみがえったり、点状に散らばっていた記憶の断片がつながり、はっきりとしたひとつの形になったりした。人間は数限りない記憶のつまった袋なのだと認識した。

半年ほど経って、カウンセリングの女性の先生から、「私、この病院やめるんです」と突然告げられた。だったら、違う先生を紹介してもらおうか、と一瞬頭をよぎったが、もういいか、と思った。潮時だった。過去のなかに原因を探るのはもう十分だった。

そんな日々の間にも、父親の自殺未遂は繰り返された。父の住む町の、市役所の福祉課に相談に行ったこともある。福祉課の男性から「あなたには頼れる親戚はいないのですか？」と言われたとき、相談する相手を間違ったと思った。何度目かの自殺未遂のあと、父が運ばれた病院で相談にのってくださったのはある一人のケースワーカーの方だった。私の事情も考慮していただき、父を、とある施設に入れる段取りを整えてくださった。「都内で二つ、入れる場所があります。どちらにしますか？」電話口でそう聞かれ、迷わず、自宅よりはるか離れた場所を選んだ。父を山のなかに棄てに行くのだと思った。

「病院からその施設に入れる日はお父様に立ち会いますか?」とも聞かれ、即座に、いいえ、と返事をしていた。瞬く間に日程や段取りが決められていった。何も考えないまますべてをやり終えてしまおうと思った。

バスが到着した。山のなかはさらにしんとした冬の空気で満ちていた。ガードレールから下を見ると、大小の岩がごろごろと転がっている水量の少ない川が見える。バスが行ってしまうと、道路には一台の車も見あたらず、人の姿も見えなかった。甲高い鳥の鳴き声がした。バス停から五分ほど山道を歩くと、その施設が見えてきた。出迎えてくれた人は、この施設のケースワーカーの女性だった。白髪交じりのショートボブの似合う女性で、ベティ・ブープのような赤い口紅が似合っていた。彼女が書類を用意する前に、若いスタッフが施設のなかを案内してくれた。車椅子に乗ったまま、窓の外をじっと眺める老人や、大音量のテレビの前で談笑している老人がいた。エレベーターを待っていると、向こうからやって来た一人のおばあちゃんに「あら、山下さん。ずいぶんひさしぶりねー」と話しかけられた。どうしていいかわからず曖昧に笑い返すと、エレベーターに乗り込んだ私と若いスタッフに手を振ってくれた。

廊下の奥にある部屋に入ると、むっと尿のにおいがした。室温もずいぶん高いようで、息苦しさを感じた。お父様はここに入る予定です。と説明された。もうひとつのベッドには誰かが寝ていて、カーテンが閉められていたが、かすかにテレビの音が聞こえた。ベッドの下に、尿をためるプラスチック容器が置かれていた。部屋を出て長い廊下を歩いていくと、フロアの真ん中には食事をするスペースがあり、まだ夕食の時間にはずいぶん早いはずなのに、もうテーブルについている老人がいた。

一階の応接室でたくさんの書類に必要事項を記入し、判子を押し続けた。ケースワーカーの女性の説明には一切無駄なところがなかった。私の事情にも触れなかった。多分、父はここで人生を終える。自殺未遂はもう不可能だ。父を死なせない手続きを、私はここにしに来たのだ。最後の書類に判子を押したとき、もうここには二度と来ないし、父には会わないだろうとも思った。こうすることで自分は父に罰を与えているのだろうか。しばらく考えてみたけれど、答えは出なかった。

「もうバスがないので駅までお送りしますよ」ケースワーカーの女性がそう言って彼女のミニクーパーに私を乗せてくれた。すっかり暗くなった窓の外を見ながら、子供の私を連れて、この世から消えようとした父の弱さを思った。けれど、弱いからこそ、父はそれを最後まで実行できなかった。父の弱さがなければ、私はここにいない。生かしてやった子供に山奥に棄てられる父の人生を思った。駅に近づくにつれ、車が増えてきた。狭い車内の沈黙に耐えかねて、聞かれてもいないのに私が口を開いた、自分の今の事情や、父との関係。私がそうするのは仕方がないことなのだ、と彼女に思ってほしかった。そんな話を黙って聞いてくれたが、駅に到着する直前に、彼女が口を開いた。「私たちは家族関係を改善しようとか、そんなことはまったく思っていないのです」と。そう一言だけ言った。たくさんの壊れた家族を見て、山奥の施設で老人たちに囲まれて仕事をしている彼女のほんとうだった。

冷たい風が吹きつける駅のホームで、子供を連れて家を出たあとの生活を考えていた。近いうちにもう一人、男を棄てる。そのための労力と出ていくお金のことを考えると、長い、長いため息が出た。自信満々に自分の人生の舵を自分で取っているようでいて、その実情は私にとって、二人の男を棄てることなのだった。電車がホームにゆっくりと入ってきた。誰もいない車両に座って、子供に作る今晩のおかずのことをぼんやりと考えていた。座席の下から温風が吹き出して、私のふくらはぎを温め始めた。

インフルエンザの左岸から

十二月二十八日の夜。風呂上がり、やけに寒気がするなと思った途端に、肘や膝《ひざ》の関節がぎしぎしと音をたてるような痛みを感じた。ベッドサイドの丸テーブルに出しっ放しにしていた体温計をくわえると、三十八度三分だった。とりあえず、戸棚にあった風邪薬を飲んで布団に入ったが、体の震えがとまらない。とろとろと眠ったものの寒さで目が覚めてしまう。毛布と掛け布団だけでは足りなくて、クローゼットに丸めてつっこんでおいた羽毛布団を引っ張り出して、重ね、それを体に巻き付けるようにして眠った。

とりあえず、明日起きたら、マンションから徒歩三分のところにある病院に行こうと、もう一度目を瞑《つむ》る。

翌朝、熱を測ると、三十九度八分で、それは自分が子供のとき以来、出したことのないい高熱だったから、もうだめだ死ぬ、と思った。部屋着の下だけデニムに穿《は》き替え、昨日、脱いだままのダウンジャケットを着て、寝癖隠しのニットキャップ、無精髭《ぶしょうひげ》はマスクで隠し、環状八号線沿いにある病院まで、ふらふらと歩いて行った。

熱が高いせいなのか、いつもより日差しがまぶしく感じる。車が流れるように走る道路はまるで川のようだ。猛スピードで運転している、その運転手たちの元気さがうらめしい。

病院は、ラッキーなことに、それほど待っている患者は多くなくて、すぐに呼ばれた。生まれて初めて受けるインフルエンザの検査はまるで拷問みたいだった。細長い綿棒のようなものを鼻の奥につっこんでぐりぐりとされる。人間の尊厳とか。ふいにそんな言葉が浮かぶほどの屈辱的な検査。そんなものを、そんなに体の奥に、そんな力で挿入したらいけない。もう二十一世紀なのに。

待合室で待つように言われ、再び呼ばれると、「A香港型だねぇ」と医師がうれしそうに言う。

「タミフル、リレンザ、ラピアクタどれにする？」

どれにすると言われても。どれがどんなものかすらわからないし、説明されてもこの高熱の頭では判断できない。

「内服、点滴どっちがいい？」

そう言われて、点滴を選んだ。点滴のほうが早く効くような気がしたからだ。

「五日間は人に会ったらだめだからねぇ」と、俺の腕に点滴の針を刺し込む看護師が子供をあやすような声で言う。あぁ、これで年末・年始の休みはつぶれるのか、と思った。

　インフルエンザで。何の用事もないけれど。


　親父が死んだ、と電話がかかってきたのは十二月十八日のお昼少し前、その日三台目のコピー機の設置を終えた車の中だった。電話をかけてきたのは、親父のいる老人介護施設の人で、「今日、これからすぐに来られますか？」と聞かれたが、なかなか返事のできない俺の事情を察したのか、あさって、土曜日に行われる葬式に立ち会ってもらえれば大丈夫ですから、と、そのあとの段取りを簡単に説明して電話は切れた。

「どした？」運転している吉岡さんが俺の顔を見て言う。

「あ、いや、親父が死んで」

「いくつ？」

「七十、七十二か三？」と適当なことを言ったが俺は親父の正確な年齢を知らない。

「葬式は？」

「親父、老人介護施設に入ってて、そこで全部段取りはしてくれるみたいなんです」

「なら、わけないな」そう言って、吉岡さんがラーメン屋の駐車場に車を入れた。

すっぱい、からい、うまーい、とメニューに書かれた酸辣湯麵《サンラータンメン》をむせながらすすり、弟の隆にLINEした。

「親父、死んだってよ」隆も昼休み中なのか、すぐに既読になった。

「まじかよ?」

「まじ」

「葬式は?」

「あさって。全部向こうでやってくれるんだって。おまえ、来れる?」

「佳奈子は仕事だから行けないな」

「二人だけでいいよ。下手に親戚とか呼んだら、親父が迷惑かけた奴らに袋叩《ふくろだた》きにあうぞ」

「場所は?」

「奥多摩の山ん中。午後一時から」

「了解」

最後の「了解」は俺にはなんだかわからないスタンプが送られて来た。

そう言えば、隆は元旦に結婚式をすると言っていなかったか。と、携帯を上着のポケットにしまいながら思った。

隆の結婚相手である佳奈子ちゃんと親しい友人たちだけでサイパンで結婚式をする、と聞かされたのは、隆と先月、三年ぶりに会って酒を飲んだときで、「兄ちゃんも来る？」と聞かれたが、俺は飛行機とか新幹線とかの密閉空間に長時間いると、パニック障害が出るから、と断ったのだった。四つ下の弟である隆は、親父が死んだ今となっては俺が唯一連絡をとっている家族だが、それでもめったに電話もメールもしない。

俺が十歳のとき、父親の酒癖とギャンブルに愛想を尽かしたおふくろが俺と隆を残したまま、家を出た。両親が離婚したあと、俺たちはその頃、まだ元気だったばあちゃんに育てられた。俺が二十歳になったとき、突然、母方の伯母から連絡があって、無理やりに会わされたおふくろは「おまえたちを捨てたんじゃない。あの人が家に帰してくれなかった」と、ばあちゃんの悪口をくり返し言ったが、俺にとってはもうどうでもいいことだった。

おふくろはずいぶん前に、年下の男と再婚をしたらしく、若々しく幸せそうだった。親父のほうはといえば、母親が出て行った日から、無気力になり、さらにアルコールとギャンブルに浸り、親戚に借金をくり返し、断られると自殺未遂騒ぎを起こした。そんな家のなかで、隆はぐれた。俺はぐれる気力もなく、とにかく親父から離れたくて、奨学金をもらって大学に進み、ばあちゃんが死んだ二十歳のときに家を出たが、携帯には何度も、警察や病院から電話がかかってきた。

親父が橋の上から多摩川に飛びこもうとしたり、隆がスーパーで万引きをしてつかまったり、そのたびに、俺は、警察に出向き、親父や隆を引き取りに行った。親父が何かの薬を大量にのみ、病院に運ばれたとき相談に乗ってくれたのが、ソーシャルワーカーの人で、その人のおかげで、俺は親父を老人介護施設にぶちこむことができた。施設に入れるための大量の書類にサインと捺印《なついん》をしながら、もう二度と会うもんか、そう思った。

アパートの保証人になってほしい、とか、金を借りたい、というときだけ、隆からは連絡が来て、俺はそれに応じたり、応じなかったりした。俺をATMかなんかだと思ってるだろ、と、隆に電話口で怒鳴ったこともある。隆は今、エアコンを取り付ける会社でなんとかぎりぎり食えているらしかった。

人間にバイオリズムのようなものがあるとするなら、俺が安定しているときは隆の調子がおかしかったし、俺が落ちているときは、隆の人生は安定していた。今、落ちているのは俺だ。隆はもうすぐ結婚しようとしていて、俺は先月、離婚したばかりだ。

「一時、別れてたんだけど、なんでか一緒に富士山に登ったら結婚する気になって」

先月、会ったときに隆はそう言った。

隆の彼女である佳奈子ちゃんは、俺がまだ結婚生活を維持しているときに一度だけ遊びに来てくれたことがある。毎日、子供相手に声を張り上げているせいなのか、声は場末のスナックのママみたいに嗄《か》れていて、若いのに妙な貫禄がある子だった。隆とは半年前から一緒に住み始めたらしい。

「こいつ、保育園でうまくいかないことがあると、帰ってきて悔《くや》し泣きすんだぜ」と隆がからかうと、

「そうなの、泣いてこすると睫《まつげ》のエクステ取れちゃうから。すっごい我慢して。上向いて泣くの」と嗄れた声で笑った。そんな佳奈子ちゃんを見て、なんとなくこいつらは長続きするかもな、と心のなかで俺は思った。

「兄ちゃんがうまくいってないってなんとなくわかったよ。空気が冷たいっちゅうか」

離婚したと告げたとき、隆はずけずけとそう言った。

「なんか兄ちゃんの奥さん、ぴりぴりしててさ。俺のこと、嫌いだって言ってたでしょ」

うん、と素直に頷《うなず》きそうになったが黙っていた。

元妻が離婚を口にし始めたのは、半年前のことで、離婚に至るまでの調停については、二度と思い出したくもない。俺は親父のように酒癖も悪くないし、借金もしないし、ギャンブルもやらない。なのに、一緒にいると生きる気力を削《そ》がれる、そんなことを妻はくり返し言った。わけのわからないことを言うな、と元妻の頬《ほお》を一度だけ張ったことがあるから、俺の分は悪かった。離婚に至るまでの道程は、すべてが元妻のペースで進み、そして、俺は一人になった。

葬式当日、改札口を出ると、ワンカートンの煙草《たばこ》の箱を持った隆が俺を見つけて手を振った。

「これ、親父の柩《ひつぎ》に入れてやろうと思ってさ」

駅のロータリーには、葬式をする寺の人がワンボックスカーで待ってくれていた。

俺と隆を乗せた車はゆるゆると山を登り、三十分ほど走ったあとに寺についた。人の家もほとんどない山の奥、都心よりずいぶん気温が低いように感じた。寺の玄関脇にある部屋に通され、寺の住職と施設の人の向かいに、俺と隆が座った。

「このたびはまことに残念なことで」と、人の良さそうな施設の人は、親父が死に至るまでの経緯を語ってくれた。様子がおかしいと思って人を呼びに行った間に、もう亡くなっていたそうだ。ほんとうに申し訳ございません、と何度も言われたが、俺はどうしていいかわからず、ただ頭を下げた。

こちらです、と案内されたお堂の真ん中に簡素な木の柩があった。その中に死んだ親父が白装束で寝かされている。五年ぶりに父親の顔を見たが、自分の記憶にある父親の顔とどうしてもつながらない。入れ歯のない口をぽっかりと開けたその顔は見知らぬ老人の顔だった。死んだあと、すぐに顎《あご》を固定しないと、口が開いたままになってしまう、という何かの小説で読んだ一節を俺は思い出していた。住職さんと施設の人は俺と隆の反応を窺《うかが》っているような気がしたが、正直なところ涙の一粒も浮かんでこない。それでも、その視線に耐えられなくて、俺は死んでいる親父の額に手のひらで触れた。まるで発熱した子供の熱を確かめる母親のように。冷たい。死んでいる親父の額はひんやりと冷たかった。隆は、煙草の箱を柩の脇に入れただけで、親父には触れなかった。

親父が入っていた施設で死んだ人は家族の意向がない限り、この寺、浄土真宗で葬式が行われることになっているらしい。読経《どきょう》が始まる。生まれて初めて聞いたが、歌うようなお経でなんだか奇妙なもんだ。このあと、火葬場に行き、親父の体を焼いて骨にして、今は誰も住んでいない実家のそばにある寺の墓に納骨するのだが、その段取りで一悶着《ひともんちゃく》あったことを俺は読経を聞きながら苦々しく思い出していた。実家の墓があるのは天台宗の寺だ。浄土真宗で葬式をあげてもらっては困る。納骨するのなら、うちの寺でもう一度、葬式をしてもらう必要がある。と、電話口に出た寺のおばさんは早口でまくしたてた。

浄土真宗だろうと、天台宗だろうと、どっちだっていいじゃねえか。同じ仏教だろうが。俺は神社に行けば柏手を打つし、クリスマスケーキだって食う典型的な日本人だ。そう言いたいのをぐっとこらえて聞いた。

「で、いくらかかります？　いちばん簡単な式でかまわないので……」

おばさんの、マシンガンのような文句のあとに提示された金額を聞いて、俺は心のなかで舌打ちをした。なんだってあんな親父のために二度の葬式。俺の家の墓は確かにその寺が管理していて、檀家として年間の管理費を俺は払っていた。親父が溜《た》めに溜めていた管理費も俺が払った。けれど、もう墓なんかいらないし、自分の骨なんか燃えないゴミの日にでも出してくれてかまわない。その話を隆にすると、墓の管理費は自分が支払っていく、と言ってきた。いつか俺も佳奈子も入る墓だから、と。結婚を前にした隆の変貌ぶりに驚いた。

結婚って、そこまで人を変えるか。俺は結婚でそこまで変わったか。変わらなかったから離婚されたのかもしれない。隆の結婚祝いにやや多めに金を渡したが、その金で、親父の二度目の葬式をするという。隆がそうしたいならいいか。

読経は簡単に終わり、施設の人はそこで帰るという。ただし書類の手続きが必要なので、近いうちに施設に来てほしいと言ってその人は頭を下げて去った。柩を大きなバンに運び、さらに山奥に進んだ。いきなり、美術館のような白い近代的な建物が現れる。寺の人とはそこで別れた。親父の遺体を入れた柩は、銀色の扉がいくつも並ぶ空間に運び入れられ、瞬く間に扉の向こうに収納された。焼いて、骨になるまで一時間はかかると言う。俺と隆は、二階にある小さな部屋に案内され、そこで待つように言われた。煙草を吸いに廊下に出ると、隣の部屋はやけに人数が多く、にぎやかだ。

葬式に来る人数で死んだ人間の人望が決まるわけではないが、俺と隆しか葬式にも火葬場にも来ない親父の人生は、やっぱりちっぽけで豊かなものではなかったんだろう。

頭蓋骨とか、太腿骨とか、大きな骨のところどころは、遺体を焼く火の加減のせいなのか、カフェオレ色に染まっていた。係の人に、大きな骨は隆と俺がそれぞれ長い箸《はし》で一緒に持ち、骨壺《こつつぼ》の中に入れるように言われる。いくつかの骨を入れていくうちに、骨同士がぶつかる乾いた音がした。細かい骨や粉のようになった骨の屑《くず》を、係の人がちりとりのようなものでかき集めて骨壺に入れる。あっけないもんだ。

二度目の葬式と納骨のために、遺骨を持って帰ろうとすると、

「俺の家のほうが寺に近いから」と隆がその遺骨の包まれた大きな風呂敷包みを俺の手から受け取った。タクシーで三十分かけて最寄り駅に行き、四つ先の大きな乗り換え駅で飯でも食おうか、ということになった。駅の上にあるファッションビルの中華料理屋。隆は遺骨の包みを自分の隣に置き、やってきた店員に「生、二つ」と注文した。

生ビールを持ってきた店員に、隆は適当にメニューをゆびさし、次々に料理を注文していく。そんなに食えるかよ、とも思ったが、昼を食べていないから、ビールを飲んでいるうちに急に空腹を感じた。

「来週の葬式が面倒くせえ」隆が春巻きをかじりながらそう言う。

「結婚式の前なのに悪いな」

「そんなの兄ちゃんのせいでもないし」

そう言いながら、隆は生ビールのジョッキをあおる。

「おまえ、家事とかやってんの？」

「皿洗いも掃除も言われたことはなんでもやってるよ。弁当箱だって自分で洗ってるし」

「えらいな」

「やらないとすげえ勢いで怒られるんだよ」嗄れた声で隆を怒鳴りつけている佳奈子ちゃんの姿がすぐに目に浮かんだ。

「兄ちゃんはやってたのかよ」

「ぜんぜん」

「そりゃ捨てられるわ」

そうか、俺は捨てられたのかと、改めて思った。じゃあ、家事さえしてれば俺は捨てられなかったのか、とも思うが、隆のように俺が怒られながら家事をしていたとしても、俺と元妻は別れていただろうとも思った。

「結婚していたのに、私はずっと一人でいるみたいだった」

離婚届に判子を押したとき、元妻は表情のない声でそう言った。

二度目の葬式は、寺の都合で二十五日のクリスマスに行われた。佳奈子ちゃんも来たいと言ったらしいが、保育園の仕事がある。結局、この前と同じように、俺と隆だけが立ち会った。年末の忙しい時期、納骨が終わったら、俺も隆も仕事にすぐに戻らないといけない。

「そういうのはね、困るんですよ。ここにお墓があるんだったら、こっちで葬式をやってもらわないと」

寺のおばさんは、玄関で遺骨を持って立ったままの俺と隆にまずそう言って、廊下の奥に進んで行った。隆が面倒くせえなあ、という顔で俺を見た。

「それからこれ、今日の花代ね」

戻ってきて、一万五千円の領収書を差し出す。葬式代はすでに振り込んである。うんざりした気持ちが込み上げてきた。一人の人間を墓に入れるまで、いったいいくらかかるんだ。焼いて、骨にして、土に埋めるだけで。それも込みの値段じゃないんですか。と言葉が出かかったが、黙って財布から金を出した。再び廊下の奥に歩いて行く。

「やな、ばばあだなぁ。会って三十秒でわかったわ」隆の言葉に無言で頷く。

俺と隆はたった二人でお堂に正座し、読経してくれる坊主を待った。

しばらく待ったあと、お堂にやってきて、俺たちに頭を下げたのは、袈裟《けさ》を身につけた金髪の若い男だった。ばあちゃんの葬式のときには、もっと歳のいった貫禄のある坊主だった記憶がある。あの嫌みったらしい寺のおばさんの息子だろうか。

いちばん簡単な式で、と頼むと、こいつが読経するのだろうか。読経を始めるために、俺たちに背を向け、正座をすると、左の耳には小さなピアスが並んでいるのが見えた。坊主になんかなりたくない、という反抗か。けれど、投げやりにも聞こえるその読経は意外にも力強く、俺は心を動かされていた。投げやりに人生を生きて一人で死んでいった親父に、俺と隆しか立ち会う人間のいない寂しい葬式の終わりに、この金髪の坊主の読経がふさわしいとさえ思った。鼻の奥がつんとする。放っておけば泣いてしまうだろうと思った。俺はそれを必死で我慢した。

読経は瞬く間に終わり、納骨するために、寺の隣にある墓場に向かった。

作業服を着た業者のおじさんが、じり、という音を立てて納骨する場所の石をずらす。ばあちゃんが死んだのが二十年前だから、二十年ぶりにこの場所に日が当たる。いちばん手前にあるばあちゃんの骨壺は、入れたときと同じくらいに白く輝いている。それを奥にずらし、親父の骨壺を入れた。再び、石をずらしてその場所を封じる。

次にここに入るのは年齢から言えば、俺だ。そのときも、あの金髪の坊主が金髪のままでいるのなら、あいつに適当な読経をしてもらいたいと思った。

「はい」と言いながら、隆が金を俺に渡そうとする。

「さっきの花代」

「いいよ。そんなのとっとけよ。結婚式でいろいろ金かかるだろ」

「こっちの葬式だって、結局は兄ちゃんが出した金じゃねえか。長男だからって、無理すんなよ」

墓場の脇にある喫煙所で、煙草に火をつけながら、隆が俺の上着のポケットに金をつっこんだ。俺はこいつと金の話ばかりしているな、と思いながら、空になった缶コーヒーを、燃えないゴミ箱に投げ入れた。小高い山の上にある墓場から目をやると、多摩川にかかる大きな橋が見える。俺が子供の頃にはなかった橋だ。親父がそこから飛び降りようとした橋だ。その橋を見ながら、俺はなんとなく、自分の家族から、自死をした人間が出なくてよかったと思った。その日は、なんだか隆も俺もぐったりと疲れてしまい、食事もせずに、その寺で別れた。

年末・年始の休みに入る直前まで仕事は山積みで、俺は都内のいたる場所に出向き、新しいコピー機を買ってもらうために頭を下げ続けた。若いときのように、仕事が楽しいかどうか、仕事にやりがいを感じるかどうかなんて、もう考えることもなくなった。仕事は、食っていくための、生きていくための連続的な作業だ。仕事納めの日、五台目のコピー機を設置し終わったときには、なんとなく、背筋がぞくぞくするな、と思った。そのときにはもう、俺の体の中でA香港型のインフルエンザウイルスが増殖していたんだろう。

病院の帰り、よろよろと歩きながら、コンビニエンスストアに寄り、ゼリー状飲料や、ポカリスエットや、温めるだけで食べられるおかゆや、カットフルーツを大量に買い込んだ。薬を飲んではうつらうつらと眠り続け、目が覚めたら、食べられるものを口にした。二日続けて熱は高かったが、あの点滴のせいなのか、三日目からは熱は下がってきた。いくらでも眠れた。電話もメールもなく、誰とも一言も口をきかなかった。腰は痛くなったが、俺は蓑虫《みのむし》のように、布団を体に巻き付けて、眠り続けた。テレビもつけずに寝ていると、上の階から、ぱたぱたと足音が聞こえてくる。小さな子供がはしゃぐような声も。見知らぬ家庭の生活音。俺の部屋には、俺がたてる音しか聞こえない。数年だけ続いた結婚生活。俺と元妻がたてていた生活の音を、たった一人で聞いていた誰かはいたのだろうか。

枕元に放り投げた携帯を見ると、十二月三十一日だった。大晦日《おおみそか》か、と思っただけで、俺にはなんの感慨もなかった。明日、新しい一年が始まろうと、俺には関係のないことだ。今日と同じように、俺は明日も、たった一人でこの汗臭い布団にくるまって一日を過ごすだろう。

また、うつらうつらと眠っているうちに、どこからか、低く響くような鐘の音が聞こえたような気がした。近所に寺なんかあっただろうか。熱のせいで起こった幻聴だろうか、と思ったが、確かに鐘の音だ。百八つあるという人間の煩悩を消すために鳴らされる除夜の鐘の音がどこからか聞こえてくる。大晦日には寺に行き、元旦には神社に行く、どんな神様にもすがろうとする日本人はなんて貪欲なんだろう、と俺は思った。

二回も葬式をあげてもらった親父は幸せ者だ。どんな天国にだって行けるだろう。俺は思わず額に手を当てた。死んだ親父の額に触れたときと同じように、俺の額もひんやりとしていた。俺はどんな死に方をするのだろうと、ふと思った。俺が死んだら、隆が葬式を取り仕切ってくれるのだろうか。サイレントモードにしていた携帯が震えた。隆からＬＩＮＥが来ている。隆と佳奈子ちゃん二人の写真。

「あけましておめでとう。今日、結婚式するよ」

サイパンのほうが一足先に新しい年を迎えた。俺がインフルエンザで死ぬ思いをしてたなんてこの二人は知らない。隆と佳奈子ちゃん二人の背景に透き通るような水色の海と白い砂が広がっている。なんだか二人が天国にいるみたいな写真だ。

「結婚おめでとう」それだけ打って、また目を瞑る。鐘の音が聞こえる。ひとりぼっちで死んでいくのはいやだ。鐘の音はまだ続いている。その音を聞きながら、俺は額に触れてくれる誰かの手のひらだけが欲しいと強く思った。

猫降る曇天

朝食のメニューは一年三百六十五日変わらない。

銀色の缶に手を突っ込んで、手のひらでつかんだ分の英字ビスケットと、電子レンジでチンした牛乳。それを開け放った窓の前で座って食べる。深夜までパソコンに向かっていた中年の体には、しつこい水垢《みずあか》のようにコリと疲れがこびりついていて、そもそとビスケットを咀嚼《そしゃく》しながら、自分でも気づかぬまま、首をぐるぐる回してしまう。

刺繍糸《ししゅういと》ほどの青いラインが縁に描かれた平皿に散らばった英字を並べてみる。ひとつ単語ができれば今日も原稿が書ける。朝の願掛けだ。「C」「A」……「T」を探しているうちに、草むらの向こうでにゃあ、という声が聞こえた気がした。猫捨て場として有名な公園のそばだ。庭先に野良猫が入ってくることは日常茶飯事。今年の夏は、窓から野良猫が忍び込んで、ちゃぶ台の上に置いてあった焼きたてのめざしを盗まれたこともある。

空耳か、と思いながら、ちっ、ちっ、と舌を鳴らす。それが猫を呼ぶ正しい音だとは思えないが。それっきり猫の声は聞こえなくなった。やはり空耳か。皿の上から「T」を探したが、上の横棒が欠けている。不吉な予感を振り払うように欠けた「T」を乱暴に咀嚼し、ぬるくなった牛乳で飲みくだした。

仕事をするときはテレビもラジオもつけない。昼どきになったら、乾麺《かんめん》の蕎麦《そば》か饂《う》飩《どん》を茹《ゆ》でて食べ、ほうじ茶を飲みながら、新聞を読む。食べたあとはすぐに仕事を再開する。

小説家としてデビューして三年、本を五冊出した。二冊目で名前のある賞をとり、四冊目が大きな賞の候補になった。順風満帆ですね。編集者は本音を隠した笑顔でそう言う。この嘘《うそ》つきめ、と思いながら、ありがとうございます、とこちらも笑顔で頭を下げる。

いつの間にか日はとっぷりと暮れ、夕焼け小焼けのメロディが聞こえてきた。それが仕事終わりの合図だ。今日も無事にノルマが終わった。顔を洗い、髭《ひげ》を剃《そ》り、歯を磨いて、駅前の飲み屋に急いだ。カウンターに並んで座り編集者と打ち合わせをした。仕事の話は五分で終わり、自分と同年代の編集者の愚痴《ぐち》を聞く。そのあとはお決まりの恋人の話だ。偏差値の高い大学を出て、誰もが知っている会社に勤め、目の飛び出るような高い給料をもらい、妻以外にも女のいるこの男の人生と、自分の人生はどこにも接点はないが、それでも体じゅうに脂肪をつけ、頭頂部が薄くなり始めたこの男が心底嫌いになれなかった。話半分で聞き流しているうち、男の体はぐらぐらと揺れ始め、三杯目のテキーラを飲み干したところでカウンターに突っ伏した。

図体のでかい男の陰になって見えなかったが、その向こうに一人の美女がいた。

黒いタートルネックが肌をより白く見せている。センターパーツ、肩まで伸びたまっすぐな髪も真っ黒だ。そのなかで唇と爪先だけが赤い。一人で飲んでいるのか、グラスを持つ左手の薬指には細い指輪が光る。既婚者か、婚約中か。だとしたら後腐れはない。

「チヂミ食べませんか?」

俺が箸《はし》をつけずにいた目の前の皿を、突っ伏した男の背中越しに受け取った女は、さっそくチヂミに箸をつけ、あむあむと嚙《か》んでごくりと飲みこんだ。

「じゃあこれを」そう言いながら、今度は女が木のボウルいっぱいに盛られたタイ風のえびせんべいをこちらに差し出した。俺は男の背中越しにそれを受け取り、薄桃色の緩《ゆる》やかなカーブを描いているそのエッジを齧《かじ》った。出ましょうか、俺がそう言うと、女はスツールからゆっくり足を下ろした。ブーツのかかとが気持ちのいい音を立てる。

女は、野良猫よりも、よくなつく。

「彼女とここのお勘定、彼に」まだ突っ伏したままの男を指さしながらそう言うと、白髪交じりの髭を生やしたマスターは笑いもせずに頷《うなず》いた。

人気《ひとけ》のないガード下、最終電車が頭上を行き過ぎる音がする。腕をつかんでその細さにぎょっとしながら橋脚《きょうきゃく》の陰に連れ込んだ。女の目は俺を通り抜けて、俺の向こうを見ているようだ。その目に微《かす》かに恐怖を感じて、後ろを向かせた。スカートの下から手を入れると、シルクだか化繊だかのつるりとした感触がした。桃の皮を剝ぐように尻を覆ったストッキングを下ろし、間に指を入れると温かいぬかるみがそこにある。なんだか急にもうなにもかもどうでもいい感情が湧いてきたが、気の変わらぬうちにと急いた気持ちになり、半ば早歩きで女を誘惑するように抱え、ガード下を抜け、公園を横切って、俺の部屋の万年床に二人で転がり込んだのが午前一時半。

朝までに二度交わった。バニラのような香りは香水だろうか。この女がつけるにはあまりに子供っぽくないだろうか、と思いながら、溺れる者が水面に浮かぶ木の幹にしがみつくように、細い体を抱きしめて眠りについた。

目を覚ますと、予想どおり女はいない。

何かがちくちくと当たる気がして、見ると真っ白い名刺の角が、左腕上腕部を刺激していた。誰もがよく知るお菓子メーカーの名前が記されていた。薄いクッキーをくるくるとロール状に巻いたあれ。鼻先を濃厚なバターとバニラの香りがかすめる。腕を伸ばすと手の甲に硬いものが触れた。うつぶせになって枕元を見ると、見覚えのあるブルーの長方形の缶がひとつ置かれている。蓋を開け、包み紙を剝がし、布団に横になったまま、さくさくとそれを食べた。女と同じ香りが鼻に抜けた。

　女はそれからも月に三回ほど、家にやってきては、会話をすることなく俺と交わり、朝になると帰っていった。枕元には毎回違うお菓子が置かれていた。お供えか、と思いながら、朝食の代わりにそれを食べた。たっぷりのバターと砂糖と小麦粉のせいで、女と寝るようになってから体重が二キロ増えた。

　編集者との打ち合わせがないときや、女が来ない夜、人恋しくなると、駅前の飲み屋に行き、適当なつまみと酒で夕食を済ませた。平日の夜は店がいっぱいになることなどめったにないのに、その日は自分の隣に男、男、女の三人組が座った。ヴェルヴェット・アンダーグラウンド、イギー・ポップ、テレヴィジョン、リチャード・ヘル&ザ・ヴォイドイズ、スーサイド。小さな音量でかかっている音楽の隙間、彼らの話が耳に入ってくる。

「……ううん。まだぜんぜん……壊れた家がそのままの場所も多くてね」

「……場所によってはすぐに線量計がピーーーって鳴るから。二十マイクロシーベルトを超えると。……あの音、何度聞いても慣れないな」

　三人とも黒っぽいダウンジャケットやワークブーツを履いて、お通夜帰りのような顔で静かに酒を飲んでいる。ジャーナリストか、ボランティアか。大学生には見えないが、自分よりも十以上は若いだろう。

「家の基礎しかね、残ってないの。その上は全部、津波が持ってってっちゃったんだ」

耳のそばで鳴る虫の羽音のように彼らの言葉が鼓膜を震わせる。その話を聞きながら、もう二年近く前になるあの日のことを思いだしていた。

壁際にある本棚から本が飛び出し、慌ててノートパソコンを抱えて机の下に隠れたものの、揺れで机が動いていく。この部屋にいたらつぶされる、と思い、ノートパソコンを抱えたまま、サンダル履きで公園に逃げた。こんなに長い地震に遭遇するのは初めてだった。公園を歩く人々は足を止めて、ただじっと空を見上げ、揺れが治まるのを待っていた。草むらから飛び出した、それぞれ柄の違う野良猫が三匹。猫たちもじっと動かず、揺れに耐えているかのように見えた。地表にぺたりとくっついた彼らの小さな素足は、揺れをどんなふうに感じるのだろう、と考えているうちに、揺れは少しずつ去って行った。

「日本から逃げたほうがいい」と、海外に住む友人からメールが来たのは三日後で、もちろん逃げるつもりなどなかったが、そのメールを読み終えたあと、節電で照明を落とした薄暗い電車に乗って渋谷に出た。背中のデイパックには買い置きしてあったミネラルウォーターのペットボトルを詰められるだけ詰めた。どこかのスーパーかコンビニで買い足して、と思ったが、水はもうどこにも売っていなかった。東急ハンズで3Mの微粒子用防護マスクを二箱買い、再び、地下鉄に乗った。

渋谷から三つ目の駅で降り、住宅街の中央を流れる川を渡り、公園の方向に歩くと、お不動様が見えてきた。縁日なのか、狛犬《こまいぬ》と狛犬との間で飾りのついた旗が翻《ひるがえ》っている。青空に映えるピンクの旗を見たのは何年ぶりだろう。クリプトン、キセノン、セシウム、プルトニウム。しばらくの間、旗の動きを目で追いながら、この空に放射性物質が舞っているんだろうかと、ただ、ぼんやり考えていた。

元妻と子供が住んでいる一軒家に向かって歩いて行く。休みになっている会社も多いと聞いた。元妻も子供も家にいるかもしれない。家の前に、ミネラルウォーターとマスクの入った紙袋を置いて、そのまま帰るつもりだったが、門扉の向こうに黄色い帽子がひょこひょこと動いているのが見えた。小さな背中に大きすぎるランドセル。ガーネット色のカーディガンから白い丸襟がのぞく。まっすぐに切りそろえた前髪の下から、ふたつの目がじっとこちらを見つめる。一歩近づくと後ずさりする。

「おとうさんだよ」

怖がっていると思ってそう言ったが、見ず知らずの男に声をかけられたら恐怖でしかないだろう。ラムネの瓶に閉じ込められたビー玉みたいな目が俺を射るように見る。

「お水をね、水道のお水を飲んじゃだめだ。このお水を飲むんだよ」

デイパックの中からペットボトルを出し、門扉の前に並べながら、そう言った。猫よけと間違えられないだろうか。

「あと、お外に出るときは必ずマスク。これを必ずつけて」

　掲げた紙袋も見ず、ただ俺を見ている。娘は何も言わず、動こうともしない。小さな手がゆっくりと動き、ランドセルの肩ベルトに下げられたプラスチックの防犯ブザーのストラップを握ろうとする。

「何もしないよ」

　その手を思わず強い力でつかんでしまい、娘が顔をしかめる。

「怖いことは何もしないよ」

　そう言った途端、手の甲を思い切り引っ掻《か》かれた。あっ、と思わず声が出て手を引っ込めた瞬間、娘が防犯ブザーのストラップを引いた。耳障りな警報音が大音量で鳴り響いた。隣の古い一軒家のドアが開く気配がした。門扉の向こうに、マスクの入った紙袋を放り投げた。

「お水とマスク、忘れないで」

　大声で叫びながら走り出した。多分、あの音のせいで、娘には何も聞こえなかっただろう。角を曲がる直前に、振り返ってもう一度、娘のほうを見た。隣の住人だろうか、年配の女性の腕のなかにすっぽり隠れた娘の黄色い帽子が斜めになっている。娘の右目だけが自分を見ている。捨て猫のような目でじっと見つめている。

店主に体を揺すられて目が覚めた。カウンターに突っ伏したまま眠っていたらしい。半分、寝ぼけたような状態で、ガード下をくぐり、公園を抜けて、なんとか家に帰りつき、ひんやりとした万年床に体を滑り込ませた。枕元に人の気配を感じたような気がして目を開けた。夜明けが近いのか、カーテンの向こうはほんのりと明るい。ぶるっ、と寒さで身を震わせて、掛け布団を体に巻き付けながら横を向くと、布団の端に女の白い膝《ひざ》小僧が見える。視線をゆっくり上げると、黒いタートルネックを着て、ほおずき色の口紅をひいた女が白分を見下ろしている。

「今までありがとうございました」

そう言って頭を下げる。女の顔を見ながらこれは夢なのだと思う。なぜだか娘を嫁に出す気持ちになって、「体に気をつけてな」と芝居じみた口調で言うと、女はまた、頭を深く下げた。俺は膝の上に置いた女の手のひらをつかみ、引き寄せて、鼻を寄せた。

「この香りは？」

「マダガスカル産ブルボン種のバニラです」

そう言うと、俺の手のなかからするりと自分の手を引き抜いて出て行った。カーテンの隙間から差し込み始めた光で、女の指輪がきらりと光った。玄関ドアを閉める音も、駅に続くアスファルトの道で鳴る女のヒールの音も、夢うつつで聞いていた。足音が遠ざかるうち、いつの間にか、再び、深く眠っていた。

目覚めると、枕元に女の会社の大きな紙袋が置かれていた。夢ではなかったのか、と思いながら、紙袋に手を突っ込み、取り出した缶を開けている。うつぶせになったまま、ロール状になったクッキーをもそもそと食べた。白い枕カバーの上に、薄黄色の欠片《かけら》が落ちた。

窓を開けると、冬の曇天が広がっている。思わず身震いをした。

机の上のプリントアウトした原稿の束が、ふいに吹いてきた風で床に落ちた。あと、二週間と少しで今年が終わる。遠くで微かににゃあ、という声が聞こえた。目を凝らしてよく見ると、草むらの陰に黒猫が一匹。手足の先だけ、ちゃぽんとペンキ缶につけたように白い。じっと目が合う。猫はビー玉の目を逸らさない。頰《ほお》に冷たいものが触れたような気がした。見上げると、粉雪にはほど遠い、神様が空から落とした雲脂《ふけ》のような大きな雪がゆっくりと落ちてくる。黒猫も空を見上げている。ほとんど同時に再び目が合うと、にゃあ、とひと鳴きして、どこかに駆けだして行った。口を開けて、舌を出すと、降ってくる雪がその上で瞬時に溶けた。

すみなれたからだで

私たちが互いの名前を呼ばなくなってからもうどれくらい経《た》つのだろう。夫と娘が出かけたあと、朝食の食器を片付けながら、ふと思った。夫と出会って十七年、結婚して十五年、一人娘はもう中学二年生。

娘は昨年の終わりに初潮を迎えた。

「ねえ、ママ、どうしよう」

トイレから出たあと、不安げな表情で私を見上げる娘に、「よかったね」と、母親の笑顔で返しながら、正直なところ、私は戸惑っていた。自分の老いをつきつけられたような気がしたからだ。

娘の子宮は働き始めたばかりだ。娘はいつか恋をする。好きな人と同じベッドで眠る。縁があれば、結婚も、妊娠も、出産もするかもしれない。自分だって同じ経験をしてきたのに、その可能性や未来を秘めている娘の体に、正直なところ、私はほんの少し嫉妬《しっと》しているのだった。

洗濯機のブザーが鳴った。

食器を洗う手を止めて洗面所に向かう。ふいに洗面所の鏡に映った自分の顔が目に入る。朝起きて、顔を洗い、オールインワンジェルを適当に伸ばしただけの自分の顔。夫の帰りは遅く、私は入浴も先にすませてしまうから、もう何年もきちんと化粧をした顔を夫に見せていないのではないか。

四十をいくつかこえた自分の顔は、ほうれい線が目立ち、口の端が下がっている。ほつれたこめかみに数本の白髪が見える。自分の顔にかすかな老いを認めてから、私は鏡を見ることが嫌いになった。それに反して、娘は時間さえあれば鏡をのぞき、自分がいちばんかわいく見える角度を探している。自分にも確かにそんな頃があった。私には言わないが、たぶん、好きな人がいるのだろう。誰かを好きになる、自分の体ごと地上から浮き上がっていくような思いを最後に感じたのは何年前のことだろう。その人から連絡が来ないだけで、死ぬくらい寂しい気持ちになった。

そんなかわいい女の子は、今も私のどこかにいるのだろうか。

私が死ぬほど好きだった人は、いつしか夫になり、パパになった。大好きだった人が毎日家に帰ってくること、大好きだった人に食事を作ること、そして大好きだった人の子供を身籠《みご》もり、その子を二人で育てていること。今、私は不幸です。などと言ったら罰《ばち》があたる。

けれど、満たされていないのだ。

理由はわかっている。

セックスをしていないから。

最後にしたのは、もう半年以上前になる。つまり、私が夫の名前を呼ばなくなってから半年以上経っていることになる。娘の前では、お互いをパパ、ママと呼ぶ私たちは、セックスをしているときだけ、お互いの名前を呼ぶ。

夫の仕事は忙しい。浮気もしないまじめな人だ。どこにも非はない。けれど、そのことがまた、私を少し苦しくさせる。

私と同じように夫も年齢を重ねた。若い頃は、あんなに薄っぺらだったおなかは、狸《たぬき》のように丸くなった。髪の毛も後頭部から薄くなっている。夫が使った枕からは、洗っていない子犬のようなにおいがするようになった。けれど、それがいやだというんじゃない。老いているのは私も同じだ。授乳で垂れた乳房、屈《かが》めばおなかの肉が重なる。そんな二人がセックスから遠くなるのは自然なことなのかもしれないな、と私は自分を説得にかかる。

ベランダで洗濯物を干していると、ちりん、ちりんと自転車のベルの音が下のほうから聞こえた。私はベランダから顔を出す。ママチャリの後ろで黄色い帽子が揺れている。子供の泣き声と、お母さんの怒鳴る声。子供は幼稚園に行きたくないと泣いているようだ。ふふっ、と自分の頰《ほお》がゆるんでいくのを感じる。どこにでもあるような朝の光景だが、もう自分にはずいぶんと遠いのだ。そう思って顔を上げた瞬間、春の朝の青空が滲《にじ》む。いやだなあ、自分の母親のようにすぐ泣く人にはなりたくなかったのに。

私はなんだか最近、ずいぶんと涙もろいのだ。

「え、男の子とデート？」

「違う違う、そんなんじゃないよ。来週の土曜日に男の子二人と女の子二人で映画を見に行くだけ。新学期になればクラスも替わっちゃうじゃん。だから、ね。いいでしょう？」

娘がそう言い出したのは三学期の修了式を終えた夜のことだった。明日から春休みが始まる。娘が差し出した成績表を見ると、二学期に落ちていた成績は見事に回復していた。私や夫にうるさいことを言われないために先回りして頑張ったのかもしれない。それってダブルデートって言うんじゃないかなあ、と心のなかで思いながら私は冷静を装って娘に尋ねる。

「ママはいいけど、パパにも許可をもらっておいたほうがいいんじゃない？」

「うーん、だからさ、そこはママから言っておいてくれると助かるんだけど。パパの帰り遅いからさ、返事いつももらえるかわからないじゃん」

夫が帰ってくる時間まで起きていることだって多いのに、娘は自分の部屋からはめったに出てこない。パパ大好き、パパと結婚する、なんて言っていたのは、ついこの間のような気がするのに。

「わかったわかった。パパにはママから言っておく」

「ありがとママ」

そう言いながら娘は甘えて、私の腕を自分の体に巻きつける。娘の、膨らみ始めた胸のかたさに触れて、私のほうがどきりとする。

年度末で忙しいのか、夫はほぼ毎日、深夜に帰って来た。それほど飲めないお酒にひどく酔っていることもあった。そんな夜は、水、と言ったきり、ワイシャツ一枚でベッドに横になってしまう。私がコップの水を持ってきた頃には、布団もかけずに深く眠っている。娘のことを話そうにも、この状態では無理かなと、私も半ばあきらめて、夫のいびきに耳をふさいだまま、隣のベッドに潜り込む夜が続いた。


「行ってきます」

「あんまり遅くならないようにね」

紅潮したような娘の頬を見ながら、もしかしたら、グループで映画に行くんじゃなくて一対一のデートなのかもしれないな、と思う。でも、午後七時の門限までに帰ってくるなら、一回は目をつぶろう。

平日と同じように、私は食器を片付け、洗濯機を回した。掃除機は夫が起きてからにしよう。お昼は何にしようか。夫と二人だけなら外に食べに行ってもいい。それなら簡単にメイクくらいはしておこうか。今朝出かけた娘は、きれいだった。肌も、髪も、唇も、芽吹いたばかりの若葉のような艶《つや》をたたえていた。娘くらいの年齢の頃には思いもしなかった。誰かを好きになるときれいになるということ。誰かを思って泣きたいような気持ちになること。そんな体験を、娘は今しているのだろうか。

「風呂、入るわ」

髪はぼさぼさ、無精髭《ぶしょうひげ》が顔を出し、どこから見ても絵に描いたようなおじさんが立っている。夫は私にかまわず服を脱ぎ始める。次第に裸になっていく夫の後ろ姿を見ながら、自分が恋とはずいぶんと遠いところに来てしまったことを私は改めて知る。

風呂上がりの夫に朝食を出しながら、娘のことを話した。

「聞いてないよ」とほんの一瞬、顔をしかめたが、「門限破ったら、相手の家に怒鳴りこんでやる」と笑う。その笑顔にほっと胸をなでおろしながら、私はマグカップのコーヒーを飲み干した。

洗濯物を干すためにベランダに出る。

どこかの家の白木蓮《はくもくれん》の蕾《つぼみ》がふくらんで、まるで白い小鳥がたくさんとまっているように見える。気がつけばすっかり春になっていた。

ふいに背後から夫に腕をつかまれる。二人の間に言葉はなかったが、夫が何を言いたいのかわかった。私はその腕に誘われるように慌ててサンダルを脱ぎ、部屋にあがる。白いカーテンがふわりと揺れ、私と夫は寝室へと向かう。

昼間の日差しのなかで裸になるのは恥ずかしかった。カーテンを引き、薄暗闇のなかで、仰向けになった夫の体に体を重ねる。深い口づけの様子から、夫が急いているのがわかった。夫の高まりはスエットパンツの上からでもはっきりとわかる。私はそのふくらみに指をはわせる。夫が私に欲情してくれること、ただ、それだけで胸がいっぱいになる。

それでも、できることなら長い時間、楽しみたかった。

先端の割れ目にあふれる液体に舌で触れると、夫が声をあげる。口にすっかり含み頭を上下させると、夫が熱いかすれた声で私の名を呼んだ。私は今、妻でなく、母親でもない。欲情しているひとりの女だ。そのことが無性にうれしかった。

夫自身をやさしくつかんだまま、スエットシャツをめくり、乳首をなめた。こうされるのが夫が好きだったこと、久しぶりに思い出した。下にいる夫が腕を伸ばし、ブラジャーからはみ出している私の乳頭を指先で強くつまんだ。寝室はマンションの外廊下に面しているから、思わず出そうになる声を私は自分の手のひらをあてて押し殺す。夫がすでにすっかり開かれている私自身に指を伸ばした。繊細な指の動きで起こる、どろりとした気持ちよさに腰の力が抜けていく。十分に濡《ぬ》れていることを認めると、私の下にいた夫が起き上がり、私は仰向けになる。腰を持ち上げられたまま、徐々に、ではなく、根元まで一気に入ってきた。ゆっくりと腰を動かすたび、私と夫の出っ張ったおなかがぶつかり、たぷっ、たぷっ、と不思議な音をたてた。その音に二人で一瞬笑い合った。若い頃のように力強い腰の動きを夫はしない。私もそれを求めてはいなかった。ただ、夫と深くつながり合ったまま、時折突いてくれるだけでどこまでも快感は続いた。外廊下から、幼い子供の声が聞こえる。私は声を必死で我慢する。それでも、果てそうになる直前、夫の耳元で夫の名前を小さく叫んだ。

濃くなった部屋の空気を入れ換えるために、私は立ち上がって窓を開けた。遠くから、パパーと叫ぶ小さな女の子の声がする。娘は今頃どうしているだろう。デートはうまくいっているのだろうか。まさか、パパとママが昼間から抱き合っているなんて想像することもないだろう。

ベッドの上で丸いおなかを出したまま寝ている夫に毛布をかける。もう若くはないけれど、私たちはまだ互いに欲情することができる。それならば、まだしばらくは大丈夫だろう、という気がした。

今日の夕飯は、夫と娘の好物を一品ずつ作ろう。
無性にやさしい人になりたいと思った。

バイタルサイン

●体温　37・1度
●脈拍　94
●血圧　76－48

テレビが終わった深夜、こんなニュースが流れるようになったのは、つい最近のことだ。

生まれてから一度も行ったことはないのに、画面に映っているその場所が、二重橋だということはわかっていた。その写真に重ねて、「ご病状に関するニュースはこのあと午前○時からお伝えします」というテロップが表示されている。午前一時、二時、三時と、一時間ごとにアナウンサーがあらわれ、淡々と原稿を読み上げる。体温、脈拍、血圧。それぞれの数字を聞いたところで、やんごとなき、あのお方が、今、どういう状態にあるのか、わからない。母も川上さんもいない夜、たった一人で家にいて、なかなか眠れないとき、ぼんやりとこの画面を見ていると、この頃、常に波打っている心のどこかが、静かに落ち着いてくるような気がした。

川上さんは私を窓際にある布張りの椅子に座らせ、黒いワンピースの裾に頭をつっこんでいた。私の両脚は左右に大きく開かれ、椅子のひじかけに置かれている。カーペットにひざまずいた川上さんのスラックスが汚れないか気になるが、さほど気にしている様子はない。

ぴちゃぴちゃと子猫がミルクを舐《な》める音がする。

最初にこうされたとき、汚くはないのだろうか、と思った。そんなところを照明の下で見られることも、ましてや舐められることなど初めてで、恥ずかしさに体をよじり、火照《ほて》る顔を両手で隠した。けれど、回数を経て、私はすっかり慣れてしまった。白髪交じりの川上さんの後頭部に手をあて、舌を誘導するけれど、じらすように、私の希望する場所から遠いところを舌先でたどる。

そうされればされるほど、自分のなかからあふれてくることは、こうされるようになってから知ったことだった。椅子の座面を汚すのではないかと心配になるくらい、私のなかから、ぬかるんだ、あたたかい水が湧いた。息を荒くして、わざとらしく甘い声をあげればあげるほど、もっと気持ちがよくなることも最近知った。回数を経るごとに、私は学習していた。

ためらう素振りを見せながら、川上さんの中指が、私のなかに入ってきた。指を曲げ、おなかのほうにある場所を擦《こす》る。さっきから、わざと我慢しているおしっこのせいで、気持ち良さはさらに高まる。川上さんは力を入れない。かすかにそこを圧迫しつづけるだけだ。浮遊するような快感が、ゆっくりと毒がまわるように全身をひたしていく。

そうしながら、もう片方の手が、私の突起の包皮を上に軽く引っ張り、熱を持ったくちびるが、ぱくりと、その全体を隠してしまう。

私の頭が、がくん、と後ろに反り返る。指が、私のなかをリズミカルに叩《たた》く。川上さんの口のなかにある突起はひくひくして、声は止めようとしても止まらず、下腹の奥が、きゅん、きゅん、と締まっていく感じがするが、ここまで来ると私は怖いのだ。自分が断崖絶壁ぎりぎりのところに立って、強風に吹かれている気持ちになる。

私の声の変化を聞いて、川上さんがワンピースの裾から顔を出す。川上さんの髭《ひげ》やくちびるが、ルームランプに照らされて光っている。かすかに開いたくちびるが近づいてきて、私は尖《とが》らせた舌を伸ばす。川上さんのくちびるの間に舌を差し込むと、海水のような、ミルクのようなにおいがして、思わず羞恥心で顔が歪《ゆが》む。節くれだった指が私の頬《ほお》を挟み、自分の舌をまるで性器のように、私の口腔から出したり入れたりした。

「だめだ……」

かすれた声で川上さんはそう言い、再び、ワンピースをめくったが、そのなかには潜らなかった。何がだめなのだろう、と一瞬思うけれど、うわごとのようなものだろう、と私は理解する。舐めている姿を、私に見せた。おなかの上でかたまりになったワンピースの裾の向こうに、白い苔のついた川上さんの舌が見えた。わざと音をたてて、ねぶり、すすった。もう一度、波のようなうねりが来て、そのおそろしさをまぎらわすために私は窓の外に目をやる。

テレビに映っている二重橋とは、この近くじゃなかっただろうか。窓の端に見える黒い森は、やんごとなきお方の住まいに続いているはずだ。

おじいちゃんのようなその人は、今、どんなベッドに寝ているのだろう。人工呼吸器、心電図モニター、ぶら下がっている点滴パック。マスクをつけ、白衣を着た人たちに取り囲まれているのだろうか。そんなことをぼんやり考えているうちに、また、うねりがやってくる。けれど、その波にまかれることはどうしても怖かった。

私はそのとき十六歳。川上さんは四十八歳だった。

皇帝の、という名前のついたホテルの一室で、私は母の夫である男に脚を開いていた。部屋に入ってから、もうゆうに一時間が経《た》っていた。

「これからパパって呼ぶのよ」

たびたび、家に遊びに来ていた川上さんがパパになったのは、私が小学五年生になったばかりの春のことだった。私の家には、母の仕事仲間の誰かがいつもいたし、川上さんもその一人ではあったが、母と川上さんがつきあっていて、新しい家族になるほど、親密な関係になっていることなど、母に言われるまで、まったく知らなかった。

小柄で、背の低い母と並ぶと、川上さんの背の高さがより目立った。

二人の顔を見て、ふぅん、と私は思った。娘の立場で言うのはなんだけれど、お似合いの二人じゃないか、と思った。猫みたいに黒いところばかりが目立つ大きな目の母と、ちょっと冷たさを感じるような薄いくちびる、余計な肉のついていない細い鼻を持つ川上さんの顔は、どこか雰囲気が似ている。美男美女、と言ってもよかった。

私と母が住むマンションに、その頃よく来ていたのは、母と同じ、フリーランスで働く人が多く、体を締め付けない、どこか少しだらしない服装の人が多かったが、川上さんは、その人たちとは少し違った。だいたい、いつもスーツを着ていて、映画配給会社の会社員、しかも、えらい人らしかった。一度、結婚したことはあるそうだが、子供はいなかった。

「文《ふみ》ちゃん、これからどうぞよろしくお願いします」

川上さんは、私の前に手を差し出した。おずおずと出した私の手を、肉の厚い手のひらがふわりと包んだ。見た目は体温が低い感じがするのに、その手のひらの熱さに私はたじろいだ。

母は一人で私を産み、育てた。私は自分の父親に会ったことがない。母も父のことを口にしたことがなかったし、私のほうから、父のことを聞いたこともなかった。

母は私を産む前から、雑誌や本の編集をしていた。出産後、エッセイを書きはじめ、三、四冊の本を出していた。母が描くエッセイには、女が仕事を続けること、一人で子を産み、育てること、私と母との二人の暮らしや、私が小さいときに巻き起こした出来事の数々などが綴《つづ》られていた。

川上さんが私のパパになった頃、書棚にあった母の本を読んでみたことがある。そこには、私が母に向けて放った言葉がしばしば登場した。最初に自分のことを母が書いていると知ったとき、恥ずかしさで頰がかっと熱くなった。母が綴った私の発言も、行動も、嘘《うそ》じゃない。でも、本当でもない。母は私の言葉や行動を自在に膨らませていた。母の本に出てくる私は、私じゃない。けれど、母にそうされて、母を責める気もなかった。

「あなたが、あの、ふみちゃんなのね？」

見知らぬ誰かにそう聞かれたときだけは少し困った。

すぐに、はい、とは言えなかった。

母の本に出てくる「ふみちゃん」のように、私は快活でもなければ、即座におもしろいことも言えないつまらない子供だ。けれど、誰かが私に対してそう思ってしまったら、母の書いた本が嘘だということになってしまう。だから、極力、口をつぐんだ。母の本の熱心な読者のなかには、そんな私を見て、生意気だ、親が有名人だからいい気になって、と怒り出す人もいた。けれど、その人たちに対して、あれは本当の私ではないんです、と言い返すこともできなかった。

川上さんと結婚後、私たちは引っ越しをした。

それまで住んでいたのは、ごみごみとした町のなかにあり、窓を開ければ、高架線路を走る中央線が見えるような線路沿いのマンションだった。川上さんが選んだ私たちのための新しいマンションは、もっと都心に近かった。それまで住んでいたマンションのように、近くに大きな公園も、神社も、区民プールもない。その代わり、コンクリートを打ちっ放しにしたブティックや、林檎《りんご》ひとつの値段に驚くような高級スーパーが近所にあった。道には子供の声もしないし、豆腐屋さんのラッパも聞こえない。学校帰りの夕暮れ、マンションに続く路地は、いつも静まり返っていて、どこか不安な気持ちになった。

以前のように、母の友人や、仕事仲間が家にやって来る、ということもめったになくなった。前の家では、母が仕事でいない夜、母の友人たち（ほとんどが女性だった）が私に食事を作って食べさせてくれた。家にはいつも、私とは血のつながらない女たちがいて、その人たちに私は育てられたようなものだった。

引っ越した当初、仕事で遅くなるときは、母は私と川上さんの夕食を用意して、出かけていった。けれど、忙しくなると、それもままならなくなった。

「文、ごめーん。ママ、今日、編集さんとごはん食べることになっちゃって」

私が学校から帰ってくると、玄関でハイヒールにつま先をつっこんでいる母に、手を合わせてあやまられたことも、しばしばあった。ごめん、とは言いつつ、母の声は弾んでいた。楽しそうな母を見るのは、私にとっても楽しいことだった。

母がいない夜、私は自分で作った適当な食事を食べ（焼きそば、カレーライス、野菜炒《いた》めのローテーションだった）、それも面倒なときは、近所のベーカリーで、サンドイッチやデニッシュを買って食べた。時には、チョコレートやクッキーで、食事を済ませてしまうこともあった。

ある夜、珍しく早く帰ってきた川上さんに、そんな食事風景を見られてしまったことがあった。

「成長期にそんな食事はよくないなぁ……」

川上さんは怒ったような声でそう言うと、私を外に連れ出した。

赤いセーターに、ギンガムチェックのスカート、白いハイソックスをはいた私は、黒いスーツを着た川上さんと並んで歩いた。二人だけでどこかに出かけたのは、あの夜が初めてだったのではないかと思う。

川上さんの足は速い。そのあとを小走りでついていく私を振り返って笑い、川上さんが左手を差し出した。川上さんの手はこの前みたいに熱くはなく、ふわりとあたたかかった。父親、と呼べる人と手をつないで歩いたことなどなかったからうれしかった。小学校の誰かが、私と川上さんの後ろ姿を目撃していないだろうか、と思った。

連れて行かれたのは、近所にあるビストロのような店だった。テーブルに蠟燭《ろうそく》の炎が揺れる暗い店内を、川上さんは店員さんに案内されるまま、歩いていく。子供が、こんな時間に、こんなお店に来ていいのだろうか、と不安になった。いくら父親といっしょとはいえ、先生に見つかったら、ひどく怒られるんじゃないかと。母と二人だけで暮らしているときにも、めったに外食などに出かけることはなかったが、ごくたまに連れて行ってくれるデパートの食堂とこの店はあまりにも違う。

革張りのメニューを開いた川上さんは、蛸《たこ》とクレソンのサラダや、香草で焼いたチキンや、牡蠣《かき》と春菊のリゾットやらを迷うことなく選び、私にはオレンジジュース、自分のために赤いワインを選んだ。しばらく待つと、今まで食べたことのないような料理が、次々に目の前に並んだ。香草や、ガーリックが、こんなに食欲をそそるものだと、そのとき初めて知った。ナイフやフォークの使い方すらままならないけれど、話もせずに食べ続ける私を見て、川上さんは笑った。

「初美《はつみ》さんもこれから忙しくなるだろうから、家政婦さんをやとったほうがいいな」

そう言いながら、川上さんはワインだけを飲んで、料理にはほとんど手をつけなかった。家政婦さんとはなんだろう、と思いながら、川上さんの話を聞いていたが、その翌週から、私の家には、本当に家政婦さんと呼ばれるおばさんが通うようになった。

「でも時々でいいのよ。私だって、頑張って、できるときにはちゃんとごはん作るんだから」

母は最初、そう言って、他人が家に入ることに抵抗したが、

「仕事も家事も、君ひとりで全部できるわけがないだろう。これからもっと忙しくなるんだぞ」

そう言う川上さんの強い言葉にしぶしぶ従った。

川上さんの言葉のとおり、母は仕事のために、しばしば家を空け、夜遅くになっても帰ってこない、という日が多くなった。かろうじて、朝は起きてくるが、朝食の席でこめかみに手を当てる母からは、かすかにお酒の香りがした。

いつも忙しそうで、眠そうな母だったが、子供の私から見ても、この頃の母は輝いて見えた。仕事の合間をぬって、こまめに美容院に通い、出かける前に服やアクセサリーを選ぶ母は、どんどん若くなっていくようだった。

母の仕事が、具体的に、どんなふうに変わっていったのか、小学生の私はそのとき、まだ、知らなかった。

家政婦のおばさんのおかげで、家の中はいつも綺麗《きれい》に保たれるようになった。塵《ちり》ひとつ落ちておらず、流しも、洗面所も、浴室も磨き上げられてピカピカだった。そんなとき、前のマンションがふと懐かしくなることがあった。誰かが連れ込んだ野良猫や、母が畳まないまま、床に山になっている乾いた洗濯物や、誰かがかける知らない国のレコード。私が生まれてからずっと、すぐそばにあったものが、ここにはなにひとつなかった。

母自身の人生や、川上さんとの暮らしや、住む町や、場所が変わったように、私が気づかぬうちに私自身も少しずつ変わりはじめた。

中学受験をして私立の女子校に通ったほうがいい、と母にアドバイスしたのは川上さんだった。母はこのときも素直に頷《うなず》きはしなかったが、川上さんが母を根気よく説得した。

私の人生の舵は川上さんが握っている、といってもよかった。

それまではなんでも母と相談して決めてきた。けれど、母の仕事が忙しくなるにつれ、それが叶《かな》わなくなった。最初、母はしぶしぶ、といった感じだったが、そのうち、親としての、私の保護と観察は、川上さんの手に委《ゆだ》ねられるようになった。

川上さんにそう言われ、慌てて、受験勉強を始めたわりには、私はあっさりと第一志望に受かった。中高一貫の女子校だったその学校を決めたのも川上さんだった。

中学校に入り、半年を過ぎた頃から、私の体型や容姿に変化があらわれはじめた。家政婦さんの作る栄養バランスのいい食事のせいなのか、私は少しずつ痩《や》せはじめた。洗面所の鏡の前に立つたびに、母に似てくる自分の顔を認めた。顎《あご》のラインは尖り、腫れぼったい瞼《まぶた》はすっきりとし、肌には透明感と輝きがあらわれはじめた。登下校の電車やバスのなかで、男子学生やサラリーマンが、私をじっと見つめている視線に気づくこともあった。

見知らぬ男の人だけではなかった。

母のいない夜、向かいに座る川上さんの視線もまた、去年とはずいぶん違うような気がしていた。顔を上げると、箸《はし》を持った川上さんが、私をじっと見つめていることもしばしばあった。

「パパぁ、早く食べないと冷めちゃうよ」

その視線に気づきながら、そんなことを無邪気に口にする私は、もう、その年で十分に女だったのだと思う。

川上さんと母は、しばしば女性誌に登場した。

お互いに仕事を持ち、お互いを尊敬している自立したカップルとして。見栄えもよい二人は、誌面を飾るのに都合がよかったのだと思う。自分から話したわけではないが、私が川上さんと母の娘であることが、学校で私を孤立させる原因にもなっていた。いじめにまでは至らないが、学校という集団のなかで、私は疎《うと》まれているのだ、と感じることが多くなった。

ほかの生徒は放課後になると、先生に隠れてアイスクリームを食べたり、ハンバーガーショップに寄るのを楽しみにしていたが、そうした集まりに私が呼ばれることはなかった。中学二年になっても、三年になっても。

高校にはそのまま上がれるから、中三になっても受験勉強をする必要はなかったが、外部の高校を受ける生徒たちのために、夏休みが終わると、部活もなくなってしまう。時間を持てあました私は、日が暮れるまで、近くの区立図書館で本を読み、図書館が閉まってからは、本屋で立ち読みをした。

ふと手にした雑誌のグラビアページに、川上さんと母が載っていると、不思議な気持ちになった。この人が私の父と母。母には、この人が私の母だという気持ちがある。けれど、パパ、と呼んではいても、川上さんと私との間には、誰にも見えない薄い透明な膜があるような気がした。川上さんが嫌いなわけではもちろんない。けれど、母とのつながりとは違う、もっと、別の何か。微弱な電流のようなものが、私と川上さんとの間に流れているような気がすることがあった。

突然、車のクラクションが響き、事故でも起きたのかと、後ろを振り返った。私の名前を呼び、手を振る人がいる。私を見つけた川上さんが、見たことのないような笑顔でタクシーの窓から顔をのぞかせていた。

「もうすぐ誕生日だろう」

後部座席の隣に座る川上さんが前を見たままそう言った。

誕生日はまだ一カ月以上も先だ。川上さんが住所を告げ、タクシーが人通りのない細い道を入る。マンションから、そう遠くはない場所だとわかったが、このあたりに来たことはなかった。川上さんは何も言わずにタクシーを降り、ガラス張りの店のなかに入って行く。コンクリートの壁にかかっている服を見れば、ここがブティックなのだとわかる。とはいえ、お客らしき人は誰もいない。注意すれば聞き取れるくらいのボリュームで音楽が聞こえてくる。それにしてもあまりに静かだ。

服はすべて真っ黒で、ぞろりと裾が長く、まるで喪服のようだった。

いつの間にかあらわれた店員さんらしき人も、首まできゅっと詰まった黒い服を着ている。ハイジに出てくる、クララの家の執事、ロッテンマイヤーさんが着ている洋服のようだ、と私は思った。店員さんの髪の毛は短く、えりあしのほうは男の人のように刈り上げられている。けれど、色数の少ないこの空間のなかで、店員さんの口紅だけがあまりに赤かった。

　川上さんがその人に一言、二言、何か言うと、彼女は店内を一周し、腕に何着かの洋服を提げて、こちらへ、と私を試着室に案内した。どの服も同じように見えたが、私が今まで知っていた洋服とはどれも違った。黒一色の服も、目が慣れてくると、パーツごとに素材も色も違うことがわかる。墨のような黒もあれば、ベルベットのような光沢のある布地を使った部分もあった。スカートには大量の布が折り重なって使われているし、背中や腕にわざと大きな穴が開いていたりした。これは服なのだろうか、と思いながらも、私は苦労しながら、洋服に袖を通した。

　川上さんは、私が試着室から出てくるたびに、腕を組み、目を細めて、私の頭からつま先まで、何度も視線を上下させた。まるで、奴隷売買みたいだ、と少し思った。川上さんが選んだのは、そのなかでもいちばんシンプルなデザインだったが、腰の後ろには、左右非対称の大きなリボンがついていた。

「これから、特別な日にはこれを着るんだよ」

　そう言って、服の入った大きなワックスペーパーの紙袋を私に渡してくれた。特別な日とはなんだろう。母に関することだろうか、と思った。母の本が出るたびに、出版パーティーに私も嫌々ながら、行かされることがあった。そのとき着ていたのは、母が選んだパフスリーブの薄桃色のドレスだ。その服と、この紙袋のなかの服はまるで違う。

店の外に出てタクシーを拾い、次に川上さんが向かったのは、駅の近くにあるデパートだった。もう閉店時間に近いのか、人もまばらだ。川上さんは迷いもせず、一階の化粧品売り場に行き、ある店舗で一本の口紅を手にとった。色で迷うことなどなかった。さっきの店員さんのような、あまりに赤すぎる赤。その慣れた様子から、川上さんはここで何度も買い物をしているんじゃないだろうか、とふと思った。

「……パパ、ありがとう」

タクシーの中でそう言う私に、

「髪の毛はこれからずっと伸ばすこと。パーマも、染めたりするのもいけない」

先生のようなことを急に言い出したので、私はおかしくなり、くすっ、と笑った。

川上さんは、窓ガラスに頭をつけ、窓の外を見るでもなく見ていた。車の中が暗いせいか、その顔がひどく疲れているようにも見えた。川上さんの左手が、私と川上さんとの間に投げ出されていた。

私はその手に、自分の手を重ねた。プレゼントを買ってもらったことへの感謝の気持ちもあったが、それよりも、ただ、触れたい、と思った。川上さんは驚いたような顔で私を一瞬見たが、再び、窓の外に目をやり、それからあとは、私の顔を一度も見なかった。私も前を向いたままで、川上さんと視線を合わせることもなかった。

タクシーに乗っている間、私は川上さんの手に指をからめていた。初めて会って握手をかわしたあのときよりも、川上さんの手は熱く、じっとりと汗をかいていた。大人の男の人の汗とは、こんなふうに粘度の高いものだろうか。そんなことを思いながら、私は川上さんの手のひらに爪を立てた。無関心を装って何も反応を返さない川上さんへの反抗でもあった。

窓の外にはネオンが瞬き、回り灯籠のように揺れては、瞬く間に消え去っていく。川上さんの手のひらを爪でひっかきながら、胎児を包む卵膜のような、私と川上さんとの間にある、薄い、薄い、透明な膜を引き破っているような、私はそんな気持ちになっていた。

母の人生にはその頃、大きな転機が訪れていた。

エッセイから小説へと、仕事の場を変えようとしていた。編集者に励まされ、一年かけて書き上げた小説は、女性誌を中心に話題を呼び、デビュー作としては異例の売り上げを記録した。どの本屋に行っても、母の本は、表紙を見せて、入口近くに積まれていた。

母子二人の自由な暮らしに、再婚した父がある日突然、加わる。父は血のつながらない娘と何度も衝突する。母は、父と娘の間に立って右往左往する。仕事も、子育ても、懸命に力を注ぐその物語の母と、実際の母の造形は、トレーシングペーパーをあてて、写し取る絵のように似ていた。大きな衝突をくり返しながら、それでも父と娘は、心を通い合わせる。心がほっと温かくなるハートウォーミング・ストーリー。

表紙には、物語のなかに登場するバースデイケーキが大写しになっていた。父と娘が、母の誕生日のために協力して作ったケーキ。側面は生クリームが垂れ、表面に挿したカラフルな蠟燭も傾いている。蠟燭のはちみつ色の光が、暗いテーブルの上で揺れている、そんな写真だった。

その小説が本になる間にも、母はすでに次の本の原稿を書きはじめていた。さらに、エッセイの仕事は以前よりも増えていた。母は家にいるときは、ほとんど自室に閉じこもり、ワープロのキーを叩いていた。締め切りが迫ると、家では気が散るからといって、都心のホテルの一室にこもることもあった。

仕事のストレスのせいなのか、母が少しずつ太りはじめたのはこの頃のことだ。

原稿を書くために、一日中、座っているせいなのか、顔はむくみ、顎のラインはたるみ、腕や背中に余計な肉がつきはじめた。私や川上さんと話をしていても、どこか気はそぞろだった。母の頭のなかには、何か違ういきものが棲んでいて、それがくるくると回転しているような感じだった。

それと反比例するように、私の体重は減りつづけていた。二つのラインが交差するように。洗面所の鏡には、アルバムで見たことのある、若い母がいた。

その頃の、母と川上さんとの関係は、決して険悪なものではなかったと思う。

川上さんは、私の前でも母の小説を絶賛したし、喧嘩《けんか》をしたりすることもなかった。仕事で忙殺される母を見守り、時には、仕事の愚痴《ぐち》やストレスの話に長い時間、耳を傾けていた。

「一生に何度とないチャンスなんだ。僕や文ちゃんのことは気にせず、まず一番に仕事のことを考えなさい」

母にそう言っていたのを聞いたこともある。

その言葉に支えられるように、母は仕事に没頭した。

母がそうやって仕事をすることを川上さんは否定もしなかった。そして、母が仕事に夢中になればなるほど、私と川上さんが過ごす時間は増えていった。

まだ、それほど母の仕事が忙しくないときは、週末には三人で映画を見に行くのが常だった。娘には週末にいっしょに遊ぶような友だちがいないようだし、夫にしてみても、血のつながらない思春期の娘とどう接していいかわからないだろう。独りよがりにそう考えて、家族三人の結びつきを強めるために、母が発案した週末の過ごし方だった。けれど、母自身が、そのうち、週末に映画を一本見るほどの余裕もなくなってしまった。

私と川上さんは、母の手前いかにも渋々、という体《てい》で、映画に行くようになった。三人で映画に行っていた頃は、川上さんの会社の映画か（それも母なりの気遣いだった）、ハリウッドのヒット作をよく見たが、母がその習慣から脱落してからは、川上さん自身が好きな映画を見るようになった。私が何を見たいか、とは一度も聞かれなかった。川上さんとよく行ったのは、地下にあるミニシアターだった。

正直なことを言えば、私は交差点を渡ったところにある、もうひとつの映画館のほうが好きだった。わかりやすい映画ばかりで、子供の私にも楽しめた。けれど、高校生になった頃から、川上さんが連れて行くのは、もう片方のミニシアターだけになった。

土曜日の夕方になると、川上さんが買ってくれた喪服のようなワンピースを着た。今年の誕生日も、川上さんは同じ店で、同じようなワンピースを買ってくれた。それも何着も。すべてが黒い服だった。川上さんと映画を見に行くたびに、私は誰かのお葬式に向かうように、その服を着た。

「行ってきます」

母の部屋に声をかけるが、返事はなかった。ワープロの音もしない。部屋のすみに最近置いたばかりの仮眠用のベッドに眠っているのかもしれなかった。

タクシーでその交差点に向かう道すがら、隣に座る川上さんに向かって、私は自分が持っていたバッグを掲げ、くちびるを指さした。川上さんは黙って頷く。そして、タクシーが止まるまで、もう決して、私の顔を見ようとしない。

ミニシアターに行く前には、近くにあるバーに行くのが常だった。それは母にも言ったことのない、二人だけの秘密だった。

そこで、川上さんと同じものを頼む。マティーニかギムレット、もしくはダイキリ。注文したものがくる間に、私は洗面所に入り、鏡の前で口紅を塗る。川上さんが買ってくれた赤い口紅を。それは、特別な時間が始まる前の儀式のようなものだった。

のむ、とは言っても、一口、二口、口をつける程度だったが、強いアルコールが、のどを滑り落ちてゆくときの熱さ、酔い、という感覚に包まれる心地よさを、そのとき知った。どうして女子高生の自分が、私服とはいえ、その店で酒がのめたのかは不思議だが、真っ黒い服を着て、赤い口紅を塗った鏡のなかの自分は、二十代のようにも見えたし、三十代のようにも見えた。世の中全体が、今よりどこか、うすらぼんやりとしていたんだろうと思う。

ふわりとした酔いではじまる夜は、こわばったすべてのものの力を抜き、ほぐし、なめらかにしてしまうようだった。

その頃、強い鬱屈《うっくつ》を抱えていたわけではない。

学校に親しい友だちがいない状況は相変わらずだったが、思い悩むほどのことではなかった。母は忙しく、ただ自分の人生を邁進《まいしん》していて、以前のような私への興味はなくしていたが、それを恨みがましく思ったわけでもない。ただひとつ変わったことは、私は川上さんをパパとして見ようとしなくなっていた。川上さんが買ってくれた黒のワンピースをまとい、赤い口紅を塗った自分は、長年着慣れた、子供、という着ぐるみをずるりと脱ぎ捨てんばかりになっていて、その下から顔を出している新しい皮膚は、もうすっかり女という色に染まっているのだった。そして、川上さんも、父親、という着慣れない服を脱ごうとしていた。

バーを出ると、私と川上さんは並んで歩き、ミニシアターに向かった。入口にかかる赤いネオンチューブの光もまた、私の気持ちを浮き立たせた。

川上さんが選ぶ映画は、長く、暗く、そして、何を言いたいのか、その頃の自分には、咀嚼《そしゃく》してうまくのみこむことのできない作品が多かった。けれど、そういう映画こそ、いつまでも自分のなかに残る、と知った。

断片的なシーンは、映画を見終わっても、いつまでも私の大脳新皮質にあって、私が死んで、焼かれ、骨になっても、その記憶は永遠にこの世界のどこかを浮遊するのだろう、という気がした。

川上さんとその日見たのは、ソ連から亡命していた映画監督の作品だった。地面を漂う朝靄《あさもや》。画面を横切る黒い犬。ベールをかぶった女たちが運んできたマリア像のなかから飛び出す小鳥たち。タオルをターバンのように巻いて温泉につかる女。地面にこぼれるミルク。世界の終わりが訪れたと信じて、家に閉じこもっていた男は、ラスト、騎馬像のそばで、自らの手で炎に包まれていく。

重そうなグレイのロングコートを着ている男は、川上さんに似ていたし、ウェイブのかかった金髪を真ん中分けにした女は、太りはじめる前の母に似ていた。

「一滴に一滴を加えても一滴。二滴ではなく、大きな一滴になる」

そんな台詞《せりふ》には意味があるようにも思えたし、思わせぶりな言葉の羅列のようにも思えたが、なぜだかすぐには理解できないそんな言葉ほど、私のなかに深く沈みこんでいくような気がした。

映画の途中で、私は自分の手を川上さんの太腿《ふともも》の上に置いた。川上さんはスクリーンのほうを向いたままで、私の顔を見ようともしない。けれど、私の手のひらのカタチに、太腿の皮膚が熱い。触れたかったのは、私の指の先にある、その場所だった。そして、そうすることで、私のある場所も反応しはじめていた。血液が私を尖らせる。

そのことがひどく私を居心地悪くさせていた。

母がいない夜、川上さんの帰りも遅い夜は、一人で家政婦さんの夕食を食べ、起きていられる時間であれば、母か、川上さんの帰りを待った。深夜、テレビをつけると、あの方の、今日のご体調が知らされる。初めのうちは、奇妙に感じていたその画面にも、すぐに慣れた。亡くなったらどうなるんだろう、と思ったが、私にはそんな経験がないから、世の中がどんなふうに変わっていくかなんてわからなかった。あの方のバイタルサインは、永遠に深夜テレビに映されているような気もした。

うとうとと、眠気がやってきた私は、いつの間にか、ソファで眠ってしまうことも多かった。その夜も、自分の部屋で眠らなければと思いながら、クッションを抱え、ソファの上で体を丸めていた。どこか遠くで、ドアの開く音がして、母が帰ってきたのだと思った。近づいてくるお酒の香り。手のひらが私の額に触れた。その熱さは母ではない。母の手は、もっとひんやりとしている。熱を出した子供の頃は、その冷たさが心地よかった。

目を開くと、川上さんが心配そうに私の顔を見ていた。

「そんなところで寝たら風邪引くだろ」

そういう川上さんに腕を伸ばし、首に回した。

寝ぼけている、ということにしておきたかった。

冬の、外の、香りがした。川上さんはこの前見たあの映画で、男の人が着ていたようなロングコートを着ていた。顔が近づいたら、顔を少し斜めに傾けることも、触れた瞬間に、かすかに口を開けることも、私は学ぶことなく知っていた。知ってはいたけれど、現実の体験は、想像よりもはるかに生々しく、私の体を揺さぶった。川上さんのくちびるが触れた途端、めまいのように頭が痺《しび》れた。川上さんの舌の熱さや、その舌が、私の舌を見つけ、からみつき、吸いあげるときの強さ。くちづけするくらいで自分の何が変わるんだろう、と思っていたけれど、体も、心も、完璧に冷静さを失っていた。でも、そのことを悟《さと》られたくなかった。素知らぬ顔で（必死に）、川上さんの舌の動きを追った。

くちびるが離れ、川上さんは怖い顔で、私の濡《ぬ》れたくちびるを親指でぬぐった。

「……明日も学校だから。早く寝なさい」

それは私への言葉ではなく、川上さんが自分に言った言葉なのだとわかっていた。川上さんはそれを強く望みながら、あちら側に行くことを怖《おそ》れていた。最後は、父親の言葉で私を遠ざけようとした。

私は、怖くなどなかった。川上さんに、すべてを投げ出す気持ちでいた。けれど、今になって思うのだ。川上さんの年齢に近づいてみて。三十も年齢の違う子供のような女に、そんな気持ちで体当たりされることは、さぞかし怖かっただろうと。それを考えると、あのときの川上さんには、ほんの少し、申し訳ない気持ちになる。

翌日、朝食のテーブルに、母がいなかったことは救いだったが、母がいたとしても、私は何食わぬ顔でトーストを齧《かじ》っていたと思う。自分のどこに、そんなことをする勇気があったのだろうと思うけれど、あの頃の私の頭は少し、というか、熱病に冒《おか》されたように、かなりおかしくなっていた。

母のいない夜、私は川上さんに触れた。

先に触れるのはいつも私だった。ソファに座っている川上さんの背中から抱きついたり、トイレから出てきた川上さんの腕にぶら下がったりした。娘が父親にじゃれている、というふうを装って。

川上さんはいつも怖い顔をしていたが、拒絶はしなかった。

私と川上さんは、服を着たまま、大抵はソファの上で、ただ、抱き合っていた。ベッドでもよかったが、母と川上さんがいっしょに寝ているベッドはいやだったし、自分のベッドに川上さんが寝ることにもなぜだか抵抗があった。リビングなら、もし、母が突然帰ってきても、なんとかとりつくろうことができるような気がしていた。

けれど、川上さんは慎重だった。少しでも物音がすると、私から体を離して、立ち上がり、服装の乱れを直した。そんな川上さんの姿を私はおもしろがってもいたのだが、やはり自宅のリビングという場所は、余計な罪悪感を抱きがちだった。

「相談したいことがあるの。ママのこととか、進学のこととか。ここじゃなくて、どこか、パパとゆっくり話ができるところがいいんだけど」

私は娘の立ち位置を崩さないまま、川上さんに、そう提案して、あげた。

川上さんが選んだのは、家から離れた、都心のホテルだった。その日から、私たちの週末は変わった。映画を見ていたような日、行くのは、地下のミニシアターではなく、ホテルの一室になった。

母が家にいて、仕事をしているような日でも、私は、

「見たい映画があるから行ってくるね」と、堂々と嘘をついた。

そんなとき母は、心配するどころか、どこか、ほっとしたような顔をしていた。一人になりたい、原稿を書きたい。それがあの頃の母の、一番ののぞみだったのだから。

誰にも見られる心配のない密室に来たというのに、最初、川上さんは私に触れようとはしなかった。私のほうから、腕のなかに飛びこんだ。

「悩んでいることってなんなんだ」

私の体を遠ざけながら、川上さんがまじめな顔で聞いた。

「悩みなんかなにもない」

笑いながら、私はもう一度、川上さんの胸のあたりに顔をつけた。

大人というのは、男というのは、どこまで体面を保ちたがる生きものなのだろう、と思いながら、川上さんの首を舌先で舐める。おずおずと川上さんの腕が私の背中にまわり、口のなかに舌が入ってきた。今まででいちばん熱い川上さんの舌が。

私たちの新しい儀式が始まった。大抵は黒いワンピースを着たままだった。服の上から、川上さんは私の乳頭の場所を探り当て、そこをはぐはぐと甘噛みした。

タオルで目隠しをされ、ネクタイで後ろ手に縛られたこともあった。川上さんは私の口を開かせ、小さなチョコレートを一粒、舌の上に置いた。普段食べているようなチョコレートではなくて、苦く、かすかにお酒の香りがした。私の口のなかで、すぐに溶けていくそれを、川上さんは口うつしですすり、飲んだ。

椅子の上で大きく脚を開いた私のワンピースのなかに潜ることも川上さんは好きだった。

母以外には、誰にも触れられたことのないその場所を、丹念に舌でなぞり、わきあがってきたものをのみこんだ。鍵がかけられ、私のかたく閉じた場所を、川上さんはひとつひとつこじ開け、しるしをつけていった。それは新雪の降った場所に、誰よりも早く、足跡をつけていくようなよろこびに満ちた行為だっただろう。

けれど、川上さんのすべてを受け入れるようになるまでには、まだ少し時間がかかった。そうすることに川上さんはどこか躊躇《ちゅうちょ》しているようだったし、そのラインを越えてしまってはいけない、と、葛藤していたのだと思う。

その先に、何が起こるかは知っていたし、そうされたいと思っていたけれど、それをどうやって川上さんに伝えたらいいのかわからなかった。椅子の上で大きく開いていた脚を、閉じようとしたとき、ふいに、つま先が川上さんの股間のあたりに触れた。体の一部とは思えないほど、こわばったそこを、私は足の親指と人さし指でなぞり、上下させた。そんなことを自分からしたのは初めてだった。

私は指で自分の性器を左右に開き、川上さんの顔をじっと見つめていた。

「ここに……欲しい」

自分の声がうわずっているのがわかった。

「何を……」川上さんの声だって同じようなものだった。

「あなたを、ここに、埋《うず》めたい」

言葉が正しいのかどうかはわからなかった。けれど、私の気持ちは川上さんには伝わったようだった。その証拠に、川上さんの顔はぐしゃりと崩れ、今にも泣きそう顔をしていた。「子供が……そんなことを」

そう言いながらも、川上さんは、二本の指を私のなかに入れてきた。おあずけをされた犬のような気持ちになった。心のなかで舌打ちしながら思った。そうじゃなくて、あなたの、もっと太く、熱く、かたいものを、ここに。

「東京は、これからもっとおかしな町になる。戦争のときよりもひどいかもしれない」

「戦争のこと知っているの？」

「だって、僕はそのとき五歳だもの。あんなにおなかが空いた経験は死ぬまで忘れないよ。大人たちは、毎日、あの人を拝んで、神さまみたいに思っていた。あの人が住んでいる方向に頭を下げてさ。あの人の名前を叫んで、死んでいった人もたくさんいる」

「じゃあ、あの人が死んでうれしい？」

「……難しいんだ。尊敬していたわけでもないのに、なぜだか今は、胸の奥にぽっかり穴が開いたみたいだ。あの人はこれからも、永遠に生き続けるんじゃないかって、心のどこかで思っていたからね」

私はベッドの上で川上さんの胸に頭をもたせかけ、テレビの報道番組を見ていた。激動の、という言葉が何度もアナウンサーから発せられるが、私には実感がない。戦時中の生活を映したモノクロ画面が続くと、途端に眠気がわき起こり、うとうとしてしまう。私にとっては映画のように現実感がない。そんな私とは違って、川上さんは、暗闇のなかのテレビ画面を、ただ、じっと凝視していた。心がまだ、迷っていたのだと思う。

あの方が死んだのは、年が明けてすぐのことだった。

母は三が日を東京で過ごしたあと、取材のために、編集者とともに金沢に向かっていた。一週間は帰れない。そう言って、トランクのなかに慌ただしく書きかけの原稿をつっこんでいた。来週から新学期が始まるが、多分、母はそのことを知らない。

川上さんがこの日を選んだのは、まったくの偶然だった。私が着ていた黒いワンピースも、喪の雰囲気に満ちた町のなかでは、違和感がなかった。

川上さんがテレビを消す。しばらくの間、黙って天井を見つめていたが、意を決したように、体を翻《ひるがえ》して私にのしかかってきた。

川上さんの体のなかに私の体はすっぽり隠れてしまったが、私の胸の厚みが、川上さんと私の体との間に微妙な距離を作っていた。私のワンピースを脱がせ、下着を剝ぐたびに、川上さんの指の熱が高くなっていくようだった。裸になった私を、上から舐めるように見る川上さんの目が光った。

いつものくちづけとはぜんぜん違った。くちびるから、そのまま食べられてしまうんじゃないかと思った。かすかなうなり声のようなものをあげながら、私の至るところに指で触れ、舌でなぞった。そうしている間も、川上さんはシャツもスラックスも脱がなかった。川上さんは私の腰の下に、ホテルの分厚いバスタオルを敷いた。

汚してはいけないから。小さな声で川上さんは言った。

いつものように、股の間の突起を丹念にしゃぶり、指を入れ、十分にあふれていることを確かめると、スラックスと下着を下ろし、コンドームを装着した川上さんが少しずつ入ってきた。痛みで私の顔が歪めば退き、落ち着いたところでまた進む。いったん抜き取っては休み、手のひらや舌が、首筋や、乳頭や、わきのしたや、臍《へそ》のなかを、探るように進み、もう一度、川上さんの指が私のなかを確かめると、その後で一気に入ってきた。

自分が予想をしていたよりもその痛みは強く、私は顔をしかめた。

それまでのように、川上さんが私の体にくまなくつけてくれたようなよろこびが、この場所にも生まれるかどうかは自信がなかった。けれど、その場所が、川上さんによって痛みとともに開かれていくことに、私はひどく心を動かされていた。

私の反応を確かめながらひとつひとつを進めていた川上さんの動きが次第に速くなった。そのシャツにしがみつきながら、私はうわごとのように、くり返していた。

愛していると。

川上さんは私の髪の毛のなかに手をいれ、後頭部を撫《な》でた。ぞわっ、とした気持ち良さが背中に走る。川上さんの額には汗が浮かんでいた。今までされてきたことと比べたら、ちっとも気持ちよくなんかないけれど、滑稽な腰の動きを止めない川上さんのことが好きで好きでたまらなく、私よりもずっと年上で、頭もよくて、仕事もできて、けれど、母に隠れて、こんなリスクまで冒して、川上さんが私としていることが嬉しかった。

今日は、もしかしたら、私が生まれてから、東京がいちばん暗くて、静かな夜なのかもしれなかった。そんな夜に私は生まれて初めて男と交わっていた。そして、この夜のことを死ぬまで忘れないだろうと、思っていた。

母の作家としての人生は、勢いにのっていた。

初夏には、有名な小説の賞をひとつとった。パーティー会場には、私が本を読んだことのある作家の顔も見えた。会場の片隅で、やや興奮した私が、

「ママおめでとう。すごいね」と耳元でささやくと、

「ここじゃだめなの。まだ先があるの」と、暗い瞳でそう言った。

もっと先に、もっと上に、母は進もうとしていた。世間から見れば母のいる場所は輝いていたけれど、母が抱える影はもっと濃くなったように見えた。

ごくたまに家族で食事をしても、母だけがひどく険しい顔をしていた。辞書を借りようと、母の仕事部屋に入ったとき、壁のカレンダーには書き込めないほど、仕事のスケジュールが記されていた。自宅の仕事部屋では落ち着かないから。そう言って、母は一日のほとんどを、自宅そばにある仕事場で過ごした。自宅あてに来たファクスを仕事場に持っていくと、そこには編集者が入れ替わり立ち替わりやってきて、母の書いた原稿をむしり取るように奪っていった。

私と川上さんがママに置き去りにされているのか、私と川上さんがママを置き去りにしているのか、わからなかった。それでも日々は過ぎていった。高校三年になって、

大学受験の勉強も進めなければいけないのに、母のいない家で、私と川上さんは交わっていた。

ソファで、洗面所で、バスルームで、さまざまなカタチを試した。私は初めてのときとはまるで違う様子で、声をあげ続けていた。川上さんが開いた場所から、どろりとした卵の黄身のような快楽があふれてきた。体を重ねるたび、川上さんは、私の奥の、さらに奥にある、よろこびをずるずると引きずりだしてきた。

期末試験が終わった深夜のことだったと思う。

私は川上さんが買って帰ってきた、シャンパンでひどく酔っていた。制服はまだ着たままで。この頃になると、家にほとんどいない母に見つかるわけがない、と、私と川上さんは思いこんでいたふしがある。二人とも大胆になっていた。ましてやその酒がその勢いをさらに高めていた。

私は椅子の上に川上さんを座らせ、ベルトもゆるめ、まだ、それほどの硬度がない性器をひっぱりだして口にふくんだ。上手にはできなかった。だから、練習してみたかったのだ。先端をキャンディのように舐めたり、全体を口にふくんで、頭を動かしたりした。そのときから、自分の指で自分をいじっていたけれど、どうにも我慢できなくなり、下着だけを取って、川上さんの上にまたがった。いつも川上さんがそうするように、先端だけを私のなかにおさめて、細かく腰を動かした。川上さんは懇願《こんがん》するような顔で私を見つめている。指で、私の突起をいじって誘おうとするが、私はまだ、じらしていたかった。この場では、私のほうが優位に立っているということを伝えたかった。入れているような、いないような、入っているような、いないような浅さで行われる往復が、みだらな音をたてる。川上さんが、制服のブラウスのボタンをあけ、ブラジャーをずらして、乳頭を吸うと、体がバネのように跳ねた。川上さんの両手が私の腰骨の上にあった。

「ほしいの？　まだだめだよ」

私がいじわるくそう言った瞬間、川上さんが腰骨に添えていた手を、自分のほうに力いっぱい引き寄せた。まるで復讐《ふくしゅう》のように。ひゃっ、という情けない声が出た。一気に私の奥におさまったそれは、そこからさらに大きくなっていくようだった。川上さんの手が私の腰の動きを誘導した。腰の動きも、声も、止まらなかった。深く入れたまま突起をいじられて、そんなことではあっという間にいっちゃう、と私は思っていた。

ふいに、強い力で髪の毛をつかまれた。川上さんがつかんでいるのかと思ったが、余りに強い勢いだったので、川上さんとつながっている場所が外れ、私はカーペットの上に仰向けに倒れた。すぐさま拳で頬を殴られた。スカートは穿《は》いたまま、剝き出しの下半身をさらした私の上に、バサバサと何かが音を立てて降ってくる。その紙のすきまから、無表情な母の顔が見えた。紙の束は、母が手にしていた原稿のようだった。もう一度、目のすぐそばを殴られて、閉じた瞼の内側に星が散り、眼球にひどい痛みを感じた。あぁ、このままでは目が見えなくなってしまう、と思った。痛がっている私が怖くなったのか、母は川上さんの頬を張った。拳で濡れてつやつやした性器をぶった。川上さんが、あ、と声を出す。

私と川上さんを交互に、母は何度も殴り、張り、それでも我慢できずに、私の腿をスリッパを履いた足で蹴った。肩で荒く息をする母から、ひゅー、という音がしていた。川上さんの髪の毛をつかみ、頭を乱暴に左右に振った。何をしても気持ちはおさまらないだろう、という気がした。

「いつから。いったい、あなたたち、いつから」

母は叫ぶように言った。ほんとうのことを言えば、母は、私と川上さんの関係にどこかで気づいていたんじゃないかと思っていた。赤鬼のように顔を赤くして、母はわけのわからないことを叫んでいた。川上さんの性器はぐんにゃりとして、ただのやわらかい肉のかたまりになっていた。母の顔ではなく、私はそれをじっと、見ていた。母に殴られた瞼が腫れて、私の視界を半分塞いでいても。もうそれを自分のなかにおさめることはないんだろうな、と思いながら。

「ママはでも、このこと、いつかまた小説に書くんでしょ?」

仰向けのままそう言うと、さっきよりもかたい拳が、私のこめかみを二度、強く殴った。スリッパの脱げた母の足が、私の胸や、おなかを踏んだ。何度も何度も。やめろ、という川上さんの声が遠くなっていく。薄れていく意識のなかで、母に見つかってよかった、とどこかで思っている私がいた。


川上さんが家を出たのは、それから間もなくのことだ。

あの日以来、母と口をきいたことはなかった。母は相変わらず、自分の目の前にある道を走り続けていた。母の本は売れ、知名度はさらに上がっていった。家族小説で有名な女流作家といえば、母の名前を多くの人があげるようになった。

何度か、大きな賞の候補になり、三回目で栄誉を手にした。母はこれから先、何を欲しがって、何を燃料にして書いていくのだろう、という気がした。本屋の店先には常に母の新作が積まれていたけれど、私は結局、デビュー作しか読まなかった。私と川上さんとのことを母が書いたとしたら、話題になるはずだが、何年経っても、母がそんな小説を書いた噂《うわさ》は伝わってこなかった。

一年浪人をして大学に合格した私は、それをきっかけに家を出て、そのままもう二度と母のもとには戻らなかった。大学時代も会社員時代にも、ボーイフレンドや恋人はいたが、男の人とそんな関係になっても私はどこかうわの空だった。

「ほかに誰か好きな男がいるんでしょう」

彼らはそう言い残して、私のもとを離れていった。

会社で出会った男性と結婚をし、結婚後は、彼の両親と同じ敷地に家を建て、住んだ。仕事は結婚と同時にやめた。なんの未練もなかった。夫にも不満はない。彼が勤めている会社がつぶれることはないだろうし、私にも優しい。声を荒らげることもない。

けれど、彼との間に性のよろこびはなかった。ただの一度も。どこをどんなふうに触れられても、気持ちよくはなかった。夫が、私の奥に入ってきても、何も感じない。私は、絶望にからめとられながら、それでもフェイクの甘い声をあげた。いつまで経っても、私と夫との間に子供ができないのも、もしかしたら、あの出来事のせいなのかもしれない、と思うことがあった。けれど、夫も、夫の両親も私に子供ができないことを責めたりはしなかった。世間でよくあるような姑《しゅうとめ》のいじめもない。

母は私が結婚をして三年目に、取材旅行で訪れた沖縄の離島で、交通事故で死んだ。しばらくの間、書店では、母がそれまで書いた本が積み上げられていたが、新しい誰かの本が出るたびに、母の本は書棚の奥に押し込められ、一年後には、母の名前も、作品の名前も、書店から姿を消していった。

亡くなった当初は、娘として、母へのコメントや、母についてエッセイのようなものを、という依頼が来ることもあったが、そのすべてを断っているうちに、誰からも、どこからも声はかけられなくなった。母が書いたエッセイのなかの「ふみちゃん」が、誰かの記憶として残っているのなら、一刻も早く消えてほしい、とただ、それだけを思った。

母を亡くした私に、夫も、義父母もやさしかった。

週末には母屋に私と夫を呼んで、食べきれない料理をふるまってくれた。私が作ることのできないような手のこんだ料理を義母は作った。もう、おなかがいっぱいです。そう言っても、痩せ過ぎよ、あなた。もう少し太らないと倒れてしまうわ。義母はそう言って、私の皿に、肉や魚の一切れを置くのだった。

その夜、夫が疲れていなければ、セックスをした。私はただ、マリオネットのように揺らされていただけだった。そんなとき、まっただ中に、川上さんと見た映画の台詞が、私の記憶の底のほうからぽかりと浮き上がってくることがあった。まるで、ずっと長い間、水中に潜っていた人が、酸素を求めて、水面に顔を出すように。

「心をこめて祈りなさい。うわの空では何も起こらないよ」

私の祈りとはなんなのか、私にはまるでわからなかった。

私は四十一歳になっていた。

見知らぬ女の人から、自宅に電話がかかってきたのは、二月の頭のことで、ひどいインフルエンザにかかって会社を休んでいた夫は、二階の寝室に寝ていた。川上が、という言葉で、どちらの川上さまでしょうか、と言いかけて、受話器を手のひらで包むように持ち、声をひそめた。

女性が告げたのは、都心にある病院の名前だった。川上があなたに会いたいと言っている。とある作家の娘だと聞き、なんとかあなたを探し出した。迷惑なことだとわかっているが、ひと目、会っていただけないでしょうか。女性はそれだけを一息に言うと、しばらくの間、黙りこんでこう言った。川上はもう長くはないのです。

受話器を置いて、流しで長い間、手を洗っていた。

高熱を出している夫のために、野菜を細かく切って煮こんだ雑炊のようなものを作るつもりだった。たまねぎ、にんじん、じゃがいもの皮を剝き、それぞれをみじん切りにした。トマトのホール缶をガラスのボウルにあけ、指で荒くつぶした。指先は赤く濡れ、ボウルのなかは何かの感触に似ていた。

そう思った瞬間、まるでフラッシュバックのように、さまざまな静止画像が目の前を通り過ぎて行った。子供の私に買ってくれた黒い服、赤い口紅、ミニシアターの赤いネオン、スクリーンのなかを物憂げに漂う朝靄、ホテルから見た黒い森。

「どうしたの……大丈夫？」

額に冷えピタを貼り、ふらふらとトイレに起きてきた夫が私の顔をのぞきこむまで、私は記憶に体を浸して、ただ呆然とボウルのなかのトマトを手でつぶし続けていた。

夫のインフルエンザが治癒するまでには、それから五日間の日数が必要だった。三日会社を休み、続けてやってきた週末も夫はベッドに横になっていた。私は夫が食べやすい食事を作り、汗を吸った下着やパジャマを着替えさせ、部屋の温度や湿度に気を配った。夫が元気にならなければ、私は川上さんに会いに行けないのだから。

月曜日、マスクをした夫を送り出したあと、私は洗面所の鏡のなかの自分を見つめていた。夫が会社に行けるようになったら、すぐにでも、川上さんに会いに行こう、と思っていたが、気持ちの踏ん切りがつかなかった。あれから、二十数年の時間が過ぎている。顎の肉がたるみ、ほうれい線が深く刻まれた鏡のなかの自分の姿にも慣れないが、川上さんだって、同じように年をとっているのだ。その姿を見るのが怖かった。けれど、見ないまま、私はこれからも生きていけるだろうか。今までと同じように、目を濁らせて、耳をふさいで、死ぬまで、死んだように日々を続けていけるだろうか。迷う気持ちを振り払うように、私は赤い口紅を紅筆でくちびるにのせた。

病室は、川上さんだけの一人部屋で、引き戸を開けると、銀髪のショートカットの女性が私の顔を見て驚いたような顔をして、小さく頷いた。黒いワンピースの上にグレイのカーディガンを着て、小さなパールのイヤリングをつけている。

「よく来てくださったわ……」

そう言って、うるんだ目で私の手をとる。川上さんの奥さんだろうか、と思ったが、

「彼は遠い親戚なの、何度もあなたの名前を……」

という言葉にどこかほっとしている自分がいる。

女性は私をベッドのそばに案内する。

「意識が、もう昨夜から……時間の問題だと、先生は」

だから、今日来てくださってほんとうによかった。そう言う女性に促されるように、ベッドをのぞきこんだ。

酸素マスクで口を塞がれた一人の老人が、そこにいた。あの頃の面影をその顔に探そうとしたが、それは難しいことだとすぐにわかった。

「私、少し、席を外しますから……」

不安げに女性の顔を見た私に、言葉を続けた。

「何かあったら、ナースセンターに連絡が行くようになっているから、大丈夫ですよ」

ほら、と視線を枕元に投げる。小さなモニターのなかで、白や緑の光るラインが上下し、波や山のようなカタチを描いていた。
60、98、37・0、134、93……

数値が何種類か見えるが、休温、血圧くらいはわかっても、それ以外の数字が何を意味するのか、川上さんが今どんな状態にあるのか、私にはわからない。万一、これがまっすぐなラインになり、数値がゼロになったときには……。そう考えているうちに、女性は病室を出て行ってしまった。

病室そのものが西向きなのだろうか、ベッドの向こうの窓から、雲に隠れていた夕陽が顔を出し、私の顔を照らした。まぶしくて目を伏せる。窓に近づき、ブラインドの角度を調整した。振り返って見た、ベッドの上の川上さんの顔に、ストライプ状になったオレンジ色の光があたる。私は再び窓に近づき、ブラインドを閉め、ベッドサイドの椅子にゆっくり腰を下ろした。

死に直面している人の感覚のなかで、最後まで残るのは聴覚だと、誰かが言っているのを聞いたことがある。何かを話しかけたほうがいいのだろうけれど、言葉がうまく出てこない。考えながら、川上さんの顔を見た。川上さんがある日突然、私と母の住むマンションを出たときも、川上さんに言葉はかけられなかった。私が高校から帰宅したときには、川上さんの荷物はすべて消えていたから。その日から母は、自宅の仕事部屋に閉じこもるようになった。原稿を書くのも、打ち合わせも、自宅で行われるようになった。仕事をしながら、私をどこかで監視していた。私がどこかに行ってしまわないように。泣くこともできず、追いかけることもできず、私はただ、川上さんの記憶が早く自分のなかから消えていけばいいとそう願っていた。

　酸素マスクの下の口はかすかに開いている。体につながれた点滴のチューブ。肺のあたりが上下する。乾燥し、毛穴の開いた黒ずんだ頰に手を伸ばし、触れた。こわばった皮膚の感じが怖くなり、思わず手をひっこめる。薄くなった頭髪と、刻まれた皺《しわ》。時間の経過を刻んだ川上さんの体のパーツをただ見つめていた。川上さんから消えていく、生きているしるしを、私はひとつずつ目で確認した。部屋のなかはもうすっかり暗い。

　ふいに言葉が出た。

「川上さんと離れてから私はずっとうわの空で」

「あれから私は」

「まるで幽霊みたいに」

「何を食べてもおいしくないし」

「よろこびみたいなものはもう何もないんです」

「あの日々で……」

「あの出来事が」

「あなたが私の……」

「……私の願いは」

ぽつり、ぽつりと、告解のように自分の口が吐き出す言葉は、すうっ、と病室の壁に吸い込まれていくような気がした。何も伝えられない。そう思った瞬間に、どんよりとした疲労のかたまりが、肩や首に巻きついてくるような気がした。

それからどれくらいの時間が経ったのだろう。気がつくと、私の隣に女性が立っていた。一枚の写真を私に手渡した。

「この写真ね、彼の、手帳に挟んであって……」

母と川上さんと、小学五年生の私が写っている古ぼけた写真だった。

三人が新しい家族を始めたときの写真だ。長身でスーツを着た川上さんと、満面に笑みを浮かべる母、そして、母と同じ顔で笑う小学生の私。その頃、毎日のようにはいていた、横にポンポンのついたお気に入りのハイソックス。当時の私にしてみれば川上さんはずっと大人に見えたが、その表情はどこか不安げで頼りなげだ。母は私の背中に抱きつくように腕をまわし、私に顔を寄せている。

「これからパパって呼ぶのよ」

母の弾んだような声は、今でも時折、私の耳をかすめる。

「お母様にそっくりね。今のあなた……」

椅子に座ったままの私の背中を、女性がやさしく撫でた。

病院を出て、夜の繁華街を通り抜けた。角を曲がり、地下街に続く階段を降りる。自宅に帰るための地下鉄には乗らずに、足はデパートに向かう。白く光るエスカレーターに乗って、その場所に私は入る。目に飛び込んでくる菓子売り場の赤。私が少女の頃によく身につけていた、あの攻撃的な赤ではない。赤とピンクの中間のやさしげな暖色。洋菓子を売る店が、その色で飾り付けられている。ヴァレンタイン。そうだ。夫にはいつも、ボンボンショコラをプレゼントしていた。フランス人のパティシエが作る、気取ったあのチョコレート。貧しい、黒い顔の子供たちが集めたカカオでできたチョコレートを私たちは大量に消費する。

愛の名のもとに。

「試食はいかがですか?」

水色のギンガムチェックのメイド服のようなものを着た女の子が、皿の上に載せたチョコレートを私にすすめた。一粒を手に取り、口に入れる。瞬く間にそれは口腔内で溶けてしまう。私の熱がチョコレートを溶かす。自分の体の野蛮さを思うと、私は母よりも、川上さんよりも、ずっとずっと長生きをするような気がした。

そう思った瞬間に、顔が歪んだ。

「あの、大丈夫ですか?」

剝き卵のようなつるりとした肌をした女の子が、突然、私を心配そうに見つめる。

「違うの、あなたのせいじゃないのよ。チョコレートのせいでもないの。ごめんなさい」

はぁ、と納得のいかない顔で私を見つめる女の子の前を通り過ぎ、人ごみに紛れた。デパートを出て、地下道を歩く。低い天井、書店に続く茶色い煉瓦《れんが》の壁、カレーのにおい。昭和の終わり頃、学校帰りによくここを歩いた。制服のまま、狭い階段を上がり、いつも向かう場所があった。母の本が出るたびに、私は大きな本屋に行き、その存在を確かめ、表紙にそっと触れると、安心したように本屋を出た。あの頃とちっとも変わっていない店内を歩き、文庫本のコーナーで母の本を探す。表紙を開くと、自分に似た母が、笑顔を浮かべている。その本を一冊買い、バッグに入れる。

地下街を歩く人には、まだはっきりとした生命の兆候があって、その熱がこの狭い場所に充満しているような気がした。私の願いは。その答えがまるで天啓のように、私のなかに降り注ぐ。私の願いは、生のある間、自分の体がまだ熱を持っているうちに誰かを愛することだ。私は愛されていた。そして、愛されている。十代のあのときも、そして今も。その愛に気づかぬふりをして、私はそこを通り過ぎてしまった。そして、今もまた、通り過ぎようとしている。まだ、私は愛せるだろうか。

そう気づいた瞬間、私の足は、今来た道を戻りはじめていた。あのデパートに戻って、夫のためにボンボンショコラを買う。そしてまた、明日、川上さんに会いに病院に行く。枕元にあったあのモニターの、バイタルを示すラインがフラットになるまで。うわの空で取りこぼしたものをひとつひとつ拾っても、まだ間に合うような気がした。無様《ぶざま》に。だけれど、私はまだ生きているのだから。

銀紙色のアンタレス

山に向かって走っていた特急電車がいくつかのトンネルを越え、海岸線に沿って走るようになると、左側の車窓いっぱいに海が見える。僕は思わずシートから腰を浮かし、窓に鼻をくっつけて海だけを視界のなかに入れていたくなる。小さな子供みたいに、「海！　海！」と奇声をあげて、隣の誰かに伝えたくなる。けれど、今は無理だ。隣には、見ず知らずのサラリーマン風の男の人が座っているし、僕はもう小さな子供ではない。

電車が進むにつれ、見えてくる海は青さを増し、ぎらぎらとした油じみた真夏の太陽をその表面に映している。海は凪。岩だらけの海岸に寄せて割れる波だけが白い。ああ、早く、あの海に全身を浸して、狂ったように海のなかで泳ぎまくりたい。そう考えただけで、股間がすぅ、とする。性的な意味ではない。ジェットコースターのいちばん高い所で、今まさに落ちようとしているあの瞬間、海で泳ぐことを考えただけで、僕の全身が、やわらかな羽で全身をかすかな力で撫《な》でられているような、そんな気持ちよさに包まれてしまう。

僕は八月八日、真夏に生まれた。獅子座《しし》だ。昨日、十六回目の誕生日を迎えたばかり。夏に生まれたからなのだろうか、僕は夏が好きだ。夏が来ると、やっと自分の季節がやってきたという気がする。どんなに気温が上がったっていい。

自宅のマンションがあるあのごちゃごちゃと家の並んだあのあたり、東京特有の湿度と、エアコンの室外機から噴き出す熱風、アスファルトが溶けそうな真夏日、飲んだ水が尿になる暇もなく、汗となって出て行ってしまうようなそんな日だって僕は大好きなのだ。

反対に冬なんてもうまったくだめだ。体は縮こまったようにかたくなるし、そもそも寒さというものに極端に弱い。一日中、毛布にくるまって家から出たくなくなる。とはいえ、そうも言ってはいられないので、ユニクロのヒートテックやズボン下を三枚重ねで着て、這うように学校に行っているのだ。冬、雪、と聞いただけで、僕のこめかみはずしん、と重くなる。

こんなに夏が好きなのに、去年の夏は最悪だった。高校受験のための夏期講習、暗い顔をした受験生とともに教室に閉じ込められて、海にもプールにも行けなかった。勉強ばっかりしていた。それなのに第一志望の高校の合格率は、三十パーセントしかなくて、死にたくなった。それでもなんとか、第三志望の都立には入れたけれど。

クーラーの効きすぎている教室の中で、十五回目の夏を無駄にしていることが僕はくやしくてたまらなかった。だから、決めたのだ。今年の夏は去年の分も取り戻すように楽しもう、と。

七月末までの水泳部の部活が終わったら、即、海辺にあるばあちゃんの家に行こうと決めていた。母さんは八月に入った途端、父さんが単身赴任している京都に行ってしまった。いっしょに来るように母さんは何度も言った。盆地に張りつくような、あの、じめっとした京都の暑さだって僕は好きなのだ。父さんにだって会いたい。だけど、父さんのいる京都市内には海がない。半ば母さんと喧嘩《けんか》になりながら、絶対に今年はばあちゃんの家に行く、と僕は母さんの要求をつっぱねた。

この特急電車は、ばあちゃんの住む町に向かっている。到着はあと五分ほどだ。憎いあいつら、ぬるりと僕の体に触れて、痛い思いをさせるあいつら（海月《くらげ》）が出てくる前に僕は死ぬほど海で泳いでやるのだ。それが僕の夏の決意。

「真《まこと》！」

改札口に向かうとばあちゃんが大声を出して手を振っているのが見えた。

二年ぶりに会うばあちゃんは、二年前に会ったときとそれほど変わらないように見えた。一枚の布を二つに折って、脇の部分だけを縫い、腕と頭が出るところだけ穴を開けたような紺色のワンピースを着て、真っ白の髪を小さくまとめている。腕や足は驚くほど細い。ばあちゃんは母さんの母親なのに、体つきはまったく似ていない。母さんは年齢を重ねるごとに体重も増えて、年中ダイエットと騒いでいるけれど、体重が減る気配はまったくない。けれど、まわりにいる人にもかまわず、僕を見つけると大声を上げるところとか、笑うと目がなくなってしまうところとか、そういうところはやっぱり親子なんだな、と思う。

「また、大きくなったねぇ」

そう言いながら、ばあちゃんは腕を伸ばし、僕の頭を撫でようとする。けれど、小さなばあちゃんの手は僕の頭に届かない。僕はばあちゃんに頭を撫でられたかったから、少し膝《ひざ》を曲げた。お世話になります、とか、ばあちゃんに言いたかったけれど、恥ずかしくて何も言えず、母さんが持たせてくれたおみやげの袋をばあちゃんにぐい、と差し出した。

「車はこっちだから」

そう言って、ばあちゃんは老人らしからぬスピードで僕の前を歩いていく。駅の構内を出ると、もう太陽の光がじわじわと僕の腕を焼いて、僕はもうそれだけでうれしいのだった。椰子《やし》の木の植えられたロータリーをぐるりとまわって、駅のそばにある駐車場に、ばあちゃんは僕を連れていく。

車で満杯の駐車場にばあちゃんの黒い軽自動車が見えた。ばあちゃんがまだ車を運転していることにも驚いたけれど、まだ同じこの車に乗っていることにも驚いた。ばあちゃんが開けてくれたドアから僕は助手席に乗り込む。直射日光で熱せられた黒いシートに触れた太腿《ふともも》が熱い。担いできたデイパックを膝の上に乗せると、ちょっと僕には窮屈だ。ばあちゃんは僕が子供の頃と同じように、黒いでかいサングラスをかけ、巧みなハンドルさばきで車を駐車場から出した。

ばあちゃんの家は駅から少し山のほうに上がったところにあるけれど、まっすぐ家には帰らずに、僕へのサービスなのか、海沿いの道を走ってくれた。猛スピードで。そう、ばあちゃんは運転が荒い。僕は慌ててシートベルトを締めた。窓を全開にすると、海の香りが車の中を満たした。僕はそれを肺いっぱいに吸い込む。海岸には、パラソルが隙間なく並べられているけれど、僕はここでは泳がないから別にいいのだ。波が打ち寄せる音。あぁ、早く、全身を海に浸したい。

「ばあちゃん、海！　海！」

ほんとうは電車のなかで言いたかったことを隣のばあちゃんに告げると、

「知ってるよ」と、そっけなく返された。

ばあちゃん自身は二年前とそれほど変わってはいなかったが、ばあちゃんの家は中学生のときに来たときと比べると、やっぱり少し古くなっているように見えた。古い木造家屋の二階建て。家の横にある屋根まで届きそうな育ちすぎたサボテン。広い庭と、その端にある小さな畑。そこにトマトやきゅうりが、ぶらさがっている。庭のすみに見える蛍光イエローの丸いものは、確か、僕が父さんと遊んだフリスビーじゃないだろうか。ばあちゃんの家は、庭も、家のなかも、ちょっと乱雑だ。片付けが苦手なところも母さんと似ている。

引き戸の玄関から家の中に入ると、ひんやりと暗い。太陽光の残像が白く目の前で躍る。ばあちゃんは休む暇もなく台所に立ち、ガス台に火をつける。

「昼は素麺《そうめん》でいいかね」

そう言いながら、食器棚の上にある桐の箱を背を伸ばして取ろうとするので、僕が手伝った。

「あら、助かる」

ばあちゃんは桐の箱の中から素麺の束を片手でつかめるだけつかみ、素麺を束ねている紙のテープを素早く外して、湯が煮えたぎっている鍋の中にぱらぱらと放った。

「じいちゃんに挨拶する」

ばあちゃんの家に行ったら、まず仏壇に手土産を置いて、手を合わせるようにと、母さんからくどくど何度も言われて来たのだ。さっき、ばあちゃんに渡した紙袋の中から、カステラの包みを仏壇の前に置き、蠟燭《ろうそく》に火をつけて、線香をかざした。ええと、それから、鈴《りん》だ。何回鳴らすかわからなかったが、適当に三回鳴らして、手を合わせた。目の前の写真立ての中にいるじいちゃんは僕が小学校に入った年に癌《がん》で死んだ。母さんに促《うなが》され、そっと触れたじいちゃんの手の冷たさを僕はまだ覚えている。棺桶《かんおけ》のなかでたくさんの花に囲まれているじいちゃんは「あぁ、よく寝た」と言って起き出しそうだった。その棺桶の蓋を釘で閉ざすために、金槌《かなづち》で叩《たた》けとまわりの大人たちから促されたとき、子供の僕は、葬式というのはなんだか残酷なものだと思った。

母さんは、ばあちゃんに東京でいっしょに暮らそうと何度も提案しているらしいが、そのたびにばあちゃんはここに死ぬまでいるのだ、と首を縦に振らないらしい。ばあちゃんといっしょに暮らすことに僕だって異存はないが、ばあちゃんのこの家がなくなってしまうことを考えると、僕は憂鬱《ゆううつ》になる。

後ろを振り返ると、ばあちゃんが菜箸《さいばし》を持って立っていた。

僕の顔を見て、にっこりと笑う。

「真が帰ってきて、じいちゃんもうれしいだろ」

そう言ってまた、台所に消えた。

ばあちゃんの茹《ゆ》でてくれた素麺だけでは僕の空腹は満たされなかったので、ばあちゃんはおにぎりを握ってくれた。塩こんぶと梅干を入れた、海苔《のり》も巻いていない塩むすび。めちゃくちゃうまい。

「真は二階の部屋を使いなよ。朝日ちゃんはいつ来るの？」

僕はあわてて飯粒を咀嚼《そしゃく》し、のみこんで答えた。

「メール来てたわ。あとで確認する」

ＬＩＮＥと言ってもばあちゃんにはわからないだろうと思い、メール、と言い換えた。ばあちゃんもメールならわかる。そうだ、なんでか、朝日が僕がばあちゃんの家にいる間に、ここに来たい、と突然メールをよこしたのだ。朝日は同じマンションに住む幼なじみで、朝日の家と僕の家は幼稚園の頃から仲が良く、小学校の頃までは休日にいっしょに過ごすことも多かった。このばあちゃんの家にだって、何度か家族連れで来たことがある。

区立中学まではいっしょだったけれど、朝日は僕と違って頭がいいから、大学付属の私立高校に進んだのだった。それぞれがそれぞれの高校に進んでからは、顔を合わせることは滅多になくなった。それなのに、朝日は自分の母親から母さんに連絡し、ばあちゃんの家に来る計画を着々と進めているのだった。

「朝日ちゃんは、ばあちゃんの部屋に寝ればいいね。新しい布団も出しておいたから」

ばあちゃんはそう言いながら、素麵のつけ汁をこくりとのんだ。

顔を合わすことはなくなっても、朝日からは時々、ＬＩＮＥが来ていたが、僕はあんまり携帯に触らないから、返信をすることも少なかった。既読にならないと、ぶんむくれた顔か何かのイラストのスタンプが送られてきたりする。さっきも、電車のなかで携帯が震えたけれど、あれは多分、朝日からだ。いきなり、ばあちゃんの家に来たいだなんて、あいつも海がそんなに好きだったっけ、とぼんやりと考えながら、僕は三個目のおにぎりを頬張《ほおば》った。

食べ終わった食器をシンクに片付け、

「行ってくるね！」とばあちゃんに声をかけると、

「そんなに慌てなくても海は逃げないよ」とあきれたような声を出した。

ばあちゃんの家から海までは、なだらかに蛇行する坂道が続く。

道沿いに並ぶ家は、子供用のビニールプールが玄関先に置かれた、ごく普通の民家もあるが、別荘なのだろうか、ベランダが異様に広かったり、ガラス張りのリビングが見えたり、ちょっと変わったつくりの家もある。二年前とそれほど家並みは変わらないが、売り出し中、と赤いでかい文字が描かれたポスターが貼られた家も所々に混じる。それからまたしばらく歩いて、だだっ広い畑の中に立った鉄塔のそばまで来ると、その向こうに光る海が見えてくる。

海水パンツとTシャツを着ただけの僕はもうすでに汗だくだ。ばあちゃんは熱中症が怖いから、と、僕に年代物の赤いギンガムチェックの水筒（ばあちゃんはそれを魔法瓶と呼んだ。多分、じいちゃんが使っていたものだと思う）に入れた麦茶を持たせ、つばの広い麦わら帽子を無理やりにかぶせた。海が見えてきたらたまらなくなって、僕は坂道を走った。

肩に下げた魔法瓶の中の麦茶がたぽん、たぽん、と音を立てる。海岸沿いの国道を、車が来ない隙を狙って渡り、防風林を駆け抜けた。白い海岸と波の音。僕は脱いだTシャツと麦わら帽子が風で飛ばないように魔法瓶で重石をして、そのそばにビーチサンダルを置いて、海の中に飛びこんでいった。ぬるめのお風呂くらいの海水が僕の体を包む。ゴーグルをつけて、泳げるところまで、クロールで泳いでみた。海が深くなるにつれ、青がどんどん濃くなる。下を向くと、何かの小さな魚みたいな群れや、揺れる海藻も見えた。そこで、仰向けにぽかり、と浮かんでみた。自由だあああ、と叫びだしたくなる感じだ。僕は一人で泳いでいて、夏の太陽に照らされ、海のなかにいる。その海は地球上のどこかの海とつながっていて、つまり、陸から離れた僕は、どこかから切り離されたように自由なのだ。

立ち泳ぎをしながら岸のほうを見た。やっぱり、この場所が最高だ、と思う。駅のそばの海は混雑しすぎだ。ここだって、パラソルがいくつか並んでいるけれど、人がたくさんいるわけじゃない。海岸の右端にあるサンドスキー場から、子供の叫ぶ声が聞こえてくるけれど、何で、こんないい海に来て泳がないんだよ、と怒り出したくなる。

僕は平泳ぎでゆっくり岸まで泳ぎ、再び、クロールで沖の行けるところまで、というのをくり返した。数えきれないくらい。途中、あまりに泳ぎすぎたのか、足がつりそうになり、海岸に上がって、ばあちゃんが持たせてくれた魔法瓶の麦茶を飲んだ。ばあちゃんの作る麦茶には砂糖が入っていて甘い。それが妙にうまい。僕は熱く熱せられた砂浜に大の字に寝転んだ。日焼け止めなんか塗ってない。水泳部の部活である程度、日焼けはしているけれど、プールと海岸の日焼けはまるで違う。明日は、多分、体中が赤く腫れるかもしれないけれど、二日も経《た》てば慣れてくる。あまりにまぶしくて、砂まみれの腕をかざし、太陽の光を遮った。白い太陽。こんなに、なにもかも熱くしてしまう太陽は、やっぱりなんだかすげえな、と思いながら、僕はまた、海に向かって走っていった。

「六時までには帰ってきなさいよ」と、ばあちゃんは言ったけれど、僕は時計を持っていない。もう、ほとんどの家族連れが引き上げて、海岸には数えるほどの人しかいなかった。夜が近くなれば、カップルが増えてくる。この海岸のそばにある、海に繋がる大きな穴、龍宮窟でいちゃいちゃするやつらもやってくる。そんなやつらを見ているのも腹がたつ。

泳げなくなれば、僕の一日は終わりだ。夕焼け小焼けのメロディーがどこからか聞こえてきたので、もしかしたら、これが六時の合図かも、と僕は思った。それでも、海から去りがたくて、僕は砂浜に座ったまま、ぼんやりと夕暮れの海を眺めていた。

Tシャツを頭からかぶった。砂をよく払ったはずなのに、さらさらと乾いた顔の表面に砂が落ちる。ビーチサンダルも砂だらけだったので、もう一度、足だけ海につけようと、波打ち際に向かった。干潮のせいで、波はずっと沖に引いている。僕は足だけを泡だらけの波に浸からせながら、もうすぐ水平線の向こうに沈んでいこうとする太陽を見ていた。

ふと、何かが耳をかすめて、子守歌かな、と僕は思った。その声の調子から、メロディーにも聞き覚えがあったからだ。右側を向くと、女の人が、小さな赤んぼうを揺らしながら、僕と同じように、サンダルの足だけを波に浸けている。袖の無い水色のシャツに、グレイの長いスカート、肩くらいまでの髪を右側で結んでいる。左の耳たぶに小さな金色のピアスが見えた。もしかして泣いているのかな、と思ったのは、その声の調子があまりに悲しそうだったからだ。女の人は僕を見て、かすかに口角を上げた。その微笑《ほほえ》みもなんだか泣いているみたいだった。

「いくつですか？」

自分の口から出た言葉にいちばん驚いたのは僕だ。これじゃ、ナンパじゃないか。しかも子供のいる人に。砂まみれのTシャツを着て、鼻の頭を真っ赤にした僕は何を言っているんだろう。けれど、女の人は驚きもせずに答えた。そう聞かれることに慣れているみたいに。

「もうすぐ、一歳になります」と。

僕が聞きたいのは、あなたが抱っこしている子供の年齢じゃないのだけれど。

翌朝、LINEの着信を知らせる音が響いて、僕は目を覚ました。

腕を伸ばして時間を確認する。午前七時過ぎ。またしても朝日から。十二日に行きたいのだけど。一泊してもいいかなあ？　おばあちゃんにその日に行っていいかどうか確認してもらえますか？　お願いします、の文字が添えられたスタンプ。なんだって、今になって朝日がこんなにもばあちゃんの家に来たがっているのか、僕にはよくわからないが、海で泳ぎたいのなら、その気持ちもわからなくはない。このあたりの海は江の島あたりの海と違って、泥水みたいじゃないし、透明度も高い。朝飯のときにばあちゃんに伝えておくか、と枕元に携帯を置いて、僕は二度寝をしようとした。頭に浮かんできたのは、昨日、夕暮れで見たあの人だった。あの人が口ずさんでいた悲しげな子守歌のメロディー。子供がいるんだから、僕よりもうんと年上で、結婚もしているちゃんとしている人なのだろう、と思った。再び、うとうととしながら、僕は暑苦しいタオルケットを足元に蹴《け》っ飛ばして、大の字になった。鼻歌のようなあのメロディー。外国の歌だろうか。それとも、何か子供番組の歌だろうか。開け放った窓に吊されたカーテンが風でこちらに向かってきたり、また、窓のほうに戻っていったりする。その不規則な動きを見ているうちに、夕陽に照らされたあの人の横顔が浮かぶ。横顔とメロディー、それを頭のなかで反芻《はんすう》する間に、僕は再び眠りに落ちていた。

「ばあちゃん、朝日があさって泊まりに来たいって」

階段を降りながら、台所に立つばあちゃんにそう言うと、

「あら、朝日ちゃんならいつだっていいわよ。真がいる間ずっといたっていいのに」

と、きゅうりか何かをまな板の上でテンポよく刻みながら言った。ばあちゃんの言葉に、それだけは勘弁、と僕は思った。

「畑に行ってね、トマトもいできて」

流しのほうに向かったままばあちゃんはそう言って、僕はうん、と声にならない返事をした。寝ていたTシャツと短パンのまま、僕は籠《かご》と園芸バサミを持って外に出て行く。まだ、八時前だっていうのに、もうじりじりと暑くて、庭の土は白く乾いている。

庭の端、玄関から出て左側にばあちゃんが作った小さな畑がある。きゅうり、茄子、トマト、ピーマン、紫蘇《しそ》、バジル。ばあちゃん一人じゃ食い切れないくらいの野菜やハーブが植わっている。表面が弾けそうになっているトマトをひとつもいでそのまま

齧《かじ》った。太陽みたいな、夏そのものみたいな味がする。トマトを齧りながら、三個をもいで籠に入れた。外にある水道の蛇口をひねり、長いホースから出てくる水で顔を洗い、頭からじゃぶじゃぶ水をかぶった。水はぬるかったが、しばらく経つと、冷たいくらいの水が出てくる。ホースを長く伸ばして、その先端をぎゅっと握り、庭に水をまいた。乾いた地面にぐるぐると模様ができる。光の加減で、小さな虹があらわれる。幻みたいな七色をきれいだと思う。僕は犬のように頭を振って、物干し竿にほしてある、もうすっかり乾いているタオルで髪の毛の水分を拭った。

えぼ鯛の干物と、もいだばかりのトマト、きゅうりの糠《ぬか》漬け、納豆、焼き海苔、わかめの味噌汁《みそしる》。やっぱり朝は和食が最高だと思う。母さんだって、料理の腕は悪くないが、朝はパンなのが僕は気にくわない。母さんは低血圧なので、朝から手のかかる和食は作るのが大変だ、という。僕だってぎりぎりまで寝ているのだから、母さんのことは責められないが、ばあちゃんの家にいる間、味噌汁くらいは自分で作れるようになりたいとも思っている。朝から三杯目のごはんをおかわりする僕をばあちゃんはにこにこ見ている。

「気持ちがいいねぇ」そう言ってお茶をすすっている。

「自分の作ったごはんをそんなにおいしそうに目の前で食べてくれるなんて、ほんとうにうれしいわ」

決して、僕たち家族と同居をしないというばあちゃんだけど、僕がいない間は一人で暮らしている。近所に知り合いもいるだろうけれど、寂しくはないだろうか、とふと思った。例えば、夜、たった一人で眠るときなんかに。けれど、ばあちゃんに寂しくない？　とは聞かなかった。去年だったら、僕はそれを言葉にしていたかもしれない。けれど、今はなんだかそんなふうにばあちゃんに聞くことが、ばあちゃんに対して失礼なんじゃないかと思ったのだ。

「ごちそうさまでした」

と手を合わせて言うと、ばあちゃんはお粗末さまでした、と僕に頭を下げる。そんなことをする人に、寂しくないか、と聞くのはやっぱりどこか間違っているな、と僕は自分とばあちゃんの食器を片付けながら思った。

今日も快晴だ。昼に一度帰って来ることにして、僕はまた海に向かった。

「帰りにね、西瓜《すいか》買ってきてね。真がいるんだから、丸ごと一個ね」

そう言ってばあちゃんは、僕の手に千円札を握らせた。

海は昨日と同じように僕を待っていて、僕は昨日と同じようにクロールで沖まで行き、そこでしばらく仰向けになって浮かんで、空を眺めた。耳の中にちゃぷちゃぷと水が揺れる音がする。波に揺られるまま、僕は目を閉じ、しばらくの間、浮かんでいた。どうしてこうも海のなかにいると安心するのかわからない。ゴーグルを額にあげて、目を閉じた。羊水のなかで浮かんでいる赤ちゃんもこんな気分なのだろうか。そう思ったところで、また、昨日の女の人が浮かんだ。抱っこをしている子は一歳になると言っていた。昨日のあの人が、ものすごく苦しい思いをして、赤んぼうを産んだことが僕には信じられなかった。

それからゆっくりと僕は平泳ぎで岸まで戻り、しばらくの間、砂浜で大の字になったあと、また、沖まで泳ぎ始め、浮かび、そして、岸まで平泳ぎをくり返した。

時計を持っていなかったから正確な時間がわからなかったけれど、おなかもそろそろ空いてきたし、太陽は空のほぼ真上にある。多分、お昼だろう、と見当をつけて、僕は脱ぎ捨てたTシャツを着て、ビーチサンダルを履き、タオルを首にかけ、麦わら帽子をかぶって砂浜を後にした。

スーパーマーケットは国道沿いにある。海岸から歩いて五分くらい。都会にあるみたいなこじゃれたスーパーではなく、日用品やちょっとした農機具なんかも売っている田舎のスーパーだ。入口近くにある西瓜の山を見て、僕は迷った。丸ごと一個の西瓜なんか買ったことないのだ。多分、生まれて初めて。母さんが買ってくる西瓜だって、四分の一とかにカットされたものだ。叩いて音を調べればいいんだっけ、と思いながら、僕は手のひらで西瓜を一個一個叩き、耳を近づけてその音を聞いた。ぼんぼん、とも、ぽんぽん、とも聞こえるけれど、どんな音がすればいい西瓜なのかがわか

らない。西瓜を叩きながら、さんざん迷っていると、そばに立っていた白いエプロンをつけたおばさんが、僕を見て笑い、

「選んであげようか」と言った。

「お願いします」そう言うと、やっぱりおばさんは西瓜を叩き始めた。僕が叩く音とはぜんぜん違う。そんなに強く叩いてもいいのかと思った。

「すぐ食べるならこれがいいよ。熟してる」そう言いながら、おばさんは一個の西瓜を両手で持ち、僕に手渡した。重さがずしっと腕に来た。

「西瓜のこのしましまの模様があるでしょ。これがはっきりしているのはいい西瓜」

へええ、と僕が声を出すと、おばさんは、内緒だけどね、と、悪い顔をしてにやっと笑った。

レジを済ませ、白いビニール袋に入れられた西瓜を肩に下げて、ばあちゃん家に戻った。坂道の傾斜が強いところでは、泳いだあとの疲れと、西瓜の重さで、歩幅が狭くなった。ビーチサンダルも脱げそうになる。僕は西瓜を絶対に割らないように、前に抱えたり、左の肩に下げたりした。どう持っても重いのだな、と思い、最後は肩に担いだ。腰にずしりと重さが伝わるが、西瓜の重さで、細くなったビニール袋の持ち手が肩に食い込むよりはましだ。

　真っ赤な顔をして西瓜を抱えてきた僕を見て、ばあちゃんは笑った。

「顔真っ赤にして、汗までかいて、そんなに大事そうに」とうれしそうに。

西瓜を運んだせいではないが、昼飯を食べたあと、二階でごろりと横になっていたら、いつの間にか眠っていた。は、と気がついて目を覚まし、畳の上にあるデジタル時計を見たら、14：50を示していた。あぁ、まだ泳げる、と安心して、また、ごろりと畳に体を投げ出すと階段の下のほうから、声が聞こえる。

ばあちゃんの声と、多分、ばあちゃんと同じくらいの年齢の女の人の声、それに時々、若い女の人の声が混じる。聞くつもりはなかったが、ばあちゃんと同じくらいの年齢の女の人の声がでかいので、会話の切れ端が耳に入ってくる。

浮気ばかりして。離婚したらしたで、再就職が。保育園も入れるのが大変だって言うじゃない。そんな言葉の合間に、かすかに泣き声のようなものが混じる。なんとなく、下に行かないほうがいいような気もしたが、それにしてもひどく腹が空いてしまっている。こっそりと下に降りて、台所の残り物かなんかをつまもうか、と思った。ばあちゃんの家の階段は古いせいで、どんなに注意深く足を下ろしても音がしてしまう。僕は一段、一段、つま先でゆっくり降りていった。ばあちゃんたちは、玄関脇にあるでかい座卓のある和室にいるみたいだった。

台所のテーブルの上には残りごはんで作ったおにぎりが皿に載せられ、ラップがかけられている。その端をめくり、台所の床に座って、おにぎりを齧り、麦茶を飲もうと冷蔵庫を開けた。和室から足音がする。ばあちゃんのような足音ではない。小さな足音。ぺたぺたと足の裏が濡《ぬ》れたような足が廊下を進んでくる音がする。台所の磨《す》りガラスの戸に小さな手のひらの影が映る。だー、だー、と言いながら、戸の横から顔を出したのは、小さな赤んぼうだった。だー、だー、と言いながら赤んぼうは僕を指差す。僕の手にしているおにぎりが気になるのだろうか、指を口に入れ、よだれを口の端から垂らしながら僕に近づいてくる。僕がおにぎりの欠片《かけら》を差し出すと、短い指でそれをつまんで口に入れ、笑った。だー、と手を差し出すのはもっとくれ、という意味か。僕はまた、おにぎりを小さく千切って赤んぼうに渡した。ほっぺたにご飯粒をつけて、赤んぼうは口を動かしている。

「もう、歩《あゆむ》ったら、だめでしょう」

廊下の向こうから声がして足音が聞こえた。赤んぼうが、とことこと声のするほうに歩いていく。袖の無いVネック、てろんとした生地の裾の長いワンピースを着た女の人がさっきの赤んぼうと同じように顔を出した。赤んぼうを抱きかかえ、

「もう、ほんとうにごめんなさい。勝手に」

そう言いながら、ようやく僕の顔を見て驚いたような表情をした。

「あ」と言ったのは僕のほうがやや早かったと思う。昨日、海岸で見たあの人だった。

それから、ばたばたと、ばあちゃんが台所にやってきて、赤んぼうを見て笑った。

「おにぎりはいいけれど、赤ちゃんになんでもあげたらいけないよ真は。アレルギー

とかあるかもしれないんだから」

「ほんとうにすみません。この子、人見知りとか全然しなくて」

女の人が頭を下げる。

「おやつにカステラでも切ろうかね。歩くんはカステラとか大丈夫なの？　卵とか」

ばあちゃんが女の人にそう聞くと、はい、大丈夫です、ほんとにすみません、と泣くような声で言った。泣いている風には見えないのに、普通に話していても、この人の声は泣き声みたいなのだな、と思った。

「相川さんが来ているから真も挨拶しなさい」

ばあちゃんはそう言って、僕に和室に行くように言った。

「ええ、真ちゃん。しばらく見ない間にこんなに大きくなるもんなんだねぇ」

僕が頭を下げると相川さんは大きな声で言った。相川さんはばあちゃんの家のすぐ近くに住む人で僕も何度か会ったことがある。

ばあちゃんがカステラとコーヒー茶碗《ちゃわん》を載せたお盆を持って和室に戻ってきた。女の人に抱かれた歩くんは、今はカステラに夢中だ。

「歩もこんな風にすぐに大きくなるのかしら」

座卓のそばに座った相川さんは、ばあちゃんが淹《い》れたコーヒーを飲み、縁側の籐《とう》椅子に座る僕を振り返って言った。ということは、あの赤んぼうは、相川さんの孫で、あの女の人は相川さんの娘になるのか、と僕はカステラを千切りながら思った。

「真ちゃんはおばあちゃん孝行だねぇ。歩も大きくなったら、一人で家に来てくれたらうれしいわあ」

僕はなんと言っていいのかわからず、笑顔だけを返した。カステラを食べ終わった歩くんは、今度は眠くなったのか、女の人の腕のなかでそっくり返って泣いている。

「もう、眠いのね。昼寝の時間だから」

女の人は相川さんにそう言って、歩くんを抱いたまま立ち上がり、和室の隅で体を揺らしはじめた。ばあちゃんと相川さんは、町会がどうとか、組合費がどうとか、僕にはわからない話を始めたので、

「ばあちゃん、僕、泳いでくるね」

そう言って僕は相川さんと女の人に頭を下げ、部屋を出た。

二階の部屋で泳ぐ準備をして玄関を出ると、庭にある大きなイスノキの木陰に歩くんを抱っこしたままの女の人が立っていた。歩くんはもうすっかり眠っている。木陰とはいえ暑いだろうに、と思ったが、なんとなく、女の人は一人でいたいのだろう、という気がした。僕の姿を認めると、かすかに笑いながらぺこりと頭を下げる。僕も頭を下げてその人の前を通り過ぎた。ほんとに、いつも泣いているみたいな顔をしている人だなぁ、と思いながら。

その日、僕はなぜだか泳ぐ気持ちにはなれずに、ぽかりと海に浮かびながら思った。

さっき、階段の上から聞いたばあちゃんと相川さんの話だ。浮気とか、離婚とか。それはあの女の人の話なんだろうか。会話の合間にかすかに聞こえたすすり泣くような声。あれは多分、あの女の人の声なんだろうなぁ、とも思った。結婚とか離婚とか、僕にはまったくわからない。ずいぶんと自分から遠い出来事のような気がした。父さんと母さんはしょっちゅう電話で口喧嘩をしているが、それでも仲のいいほうだと思う。仲が悪ければ、単身赴任中の父さんの元に母さんが行くこともないだろう。京都に出かける前、父さんに何を食べさせようか、と、母さんはせっせと、料理のレシピを携帯で撮影していた。単身赴任中の父さんが京都で浮気、とか、僕が知らないうちにそんなことがあるんだろうか。頭のなかがぐるぐると回る。何度も浮かぶのは、あの女の人の泣きそうな顔だ。僕は息を止め、行ける場所まで潜り、それからまた浮き上がって、沖に向かってめちゃくちゃなクロールで泳ぎ始めた。

ばあちゃんの家に来てから三日目、毎日海に行っている僕は日に日に黒くなり、洗面所の鏡に自分の顔が映るたび、ぎょっとする。

朝食のテーブルに置いた携帯が鳴る音がした。食事中だったので、画面を見るだけにしたが、朝日からのＬＩＮＥだった。明日、駅に着く時間が書いてある。

「ばあちゃん、明日、朝日、お昼前には着くって」

「ああ、そう。じゃあ、迎えに行かないとね。浴衣を出しておいたから着てくれるとうれしいんだけど。朝日ちゃんも大きくなっただろうねぇ」

朝日が、朝日の家族といっしょにばあちゃんの家に来たのは小学校の高学年が最後だったと思う。僕は高校に入ってからは、あまり朝日と顔をあわせることがなかった。僕と同じ中学から同じ高校に進んで、急に色気づいて、けばけばしくなる女の子も少なくなかったから、朝日がそんなふうに変わっていたら、なんとなくいやだな、と僕は勝手に思った。中学までの朝日は、小枝みたいにやせっぽちの女の子で、正義感がやけに強かった。小学校のとき、プールの授業で、小枝ちゃん、と自分のことをからかう男子がいると、プール掃除用のモップを持って追いかけ回し、プールに突き落としたこともある。幼なじみというだけで、特に仲が良かったわけじゃない。だけど、学校にいるときには、いつも、僕の目の端には朝日がいたような気がする。きょうだいみたいなものだ。いないならいないで、元気がないならないで、どことなく気になってしまう。そんなふうな関係だ。

「あら、なんだろ」食後のお茶の準備を始めようとしたばあちゃんが、台所の床に屈《かが》んでいる。手にしていたのは、カラフルなフェルトでできた小さな象のおもちゃだった。

「歩くんのおもちゃか……昨日、たえちゃんが忘れていったのね」

　そう言いながら、ばあちゃんはその象をテーブルの脇に置いて、台所に戻って行った。

　たえちゃん。たえさん、か。たえさん。僕はばあちゃんが用意してくれたお茶と、西瓜を食べながら幾度となく、その音を頭のなかでくり返した。フェルトの象の首のあたりについた鈴《すず》のようなものが、天井から吊された照明に鈍く光っている。その光がなんだか僕のなかの、いちばん奥の部分を照らしているような気がした。


「朝日ちゃーん、まぁ、綺麗《きれい》になったねぇ」

　ばあちゃんは改札口から出て来た朝日の首に手を回し、でかい声で言った。ばあちゃんと朝日は同じくらいに背が低い。朝日もばあちゃんの背に手を回している。二人の派手な抱擁に、改札口から出て来た人たちがちらちらと目をやる。僕は少し恥ずかしい。

「おばあちゃーん、お久しぶりです。会いたかったー」

　ばあちゃんから体を離して、朝日は言った。ボーダーのシャツを着て、長いスカートに白いサンダル、中学のとき、腰のあたりまであった長い髪は、今、顎《あご》のあたりですぱりとボブに切られている。グレイのリュックを背負い、黒いリボンの巻かれた小さな麦わら帽子を頭に載せた朝日がなんだかとても大人に見えた。薄く化粧もしているのだろうと思った。朝日は僕には目もくれず、ばあちゃんと二人で腕を組んで、駐車場のほうに歩いて行く。朝日がばあちゃんの車の助手席に乗ったあとも、二人の会話は絶えない。ばあちゃんは、朝日が前に来たときはどれだけ小さかったか、今はどれくらい綺麗になったかを運転しながらしゃべり続けている。興奮しているのか、車のスピードが速い。朝日は後ろを振り向こうともしない。わざとだ、と僕は思った。朝日め。

朝日は、ばあちゃんの家に着くと、朝日の家から持たされたたくさんのお土産を、台所のテーブルに広げ、そのひとつひとつをばあちゃんに説明し始めた。それを聞いているばあちゃんの声もなんだかうれしそうだ。海にばかり行ってたいして会話のない孫といるよりも、話し相手になってくれる若い女の子がやってくるほうがうれしいだろうよ。二人のはしゃいだ声を縁側で聞きながら、僕はなぜだか、ちょっとした嫉《しっ》妬《と》心《しん》が湧いてくるのを感じていた。

昼飯は、朝日とばあちゃん二人が作った。

「ごはん食べたら二人で海に行っておいで。真、朝日ちゃん、ちゃんと見てあげなよ。海は何が起こるかわからないからね」

ちゃんと見てあげなよ、とばあちゃんに言われた途端に、なんだか急に朝日と海に行くことが面倒に感じ始めた。今日は自分のペースで泳げないのか、と。小学生の頃、朝日の家族と来たときは、朝日は海で泳ぐのが怖い、と言って、浮き袋をつけていた。もし、今もそうなのだとしたら、子供の面倒を押しつけられたような気分になった。

朝日は、ばあちゃんに持たされた魔法瓶をリュックにしまい、

「行ってきまーす」とでかい声でばあちゃんに言った。来たときとは違う水玉の袖無しワンピースを着ている。じゃあ、と僕がばあちゃんに言うと、ばあちゃんは、

「ちゃんと見てあげてよ朝日ちゃんを」と、さっきと同じことをくり返した。

海に続く坂道を朝日と並んで歩いた。ばあちゃんの家が見えなくなったあたりで、朝日は後ろを振り返り、誰もいないことを確認して言った。

「真、LINEとかメールとかぜんぜん返してくんないね！　いつまで経っても既読とかになんないし！　今日だって来られるかどうか、ぎりぎりまでわかんなかったじゃん！　こっちだって都合とかあるんだからさぁ」

太陽の照りつける白い坂道を歩きながら、朝日に僕は怒られていた。さっき、ばあちゃんの前で見せていた笑顔とはずいぶん違うなぁ、と思いながら、僕は朝日の怒りを黙って聞き流していた。そういう僕の態度も朝日の怒りにさらに油を注いだみたいだった。そういうことは普通、彼氏とかに言う言葉じゃないのかなぁ、と思いながら、僕はそれでも言った。

「あんまし携帯見ないから……悪かったな。ごめんごめん」

「何それっ、ぜんぜん悪いとか思ってないでしょ」いきなり朝日は僕の腕を叩いた。

「いてっ、なにすんだよ」

とは言ったものの、ほんとうはぜんぜん痛くなんかなかった。女の力だ、と僕は思った。朝日はわけのわからないことを言いながら、何度も僕の腕を叩いた。そのたびに、僕はいてっ、とか、やめろっ、とか言ったけど、朝日の横を歩きながら、朝日よりずいぶんでかくなってしまった自分の体のことが少し怖いような気もしていた。幼稚園や小学校の頃はとっくみあいの喧嘩だってしてた。今、僕が本気を出したら朝日は負けてしまうだろう。そういう力を持ってしまった自分のことが怖かった。

「着替えてくるから待っててよ。これ膨らましてて」

朝日は、海岸に着くとそう叫んで、僕に畳まれた浮き輪を投げつけ、一軒だけある海の家のほうに歩いて行った。子供が使うような透明な浮き輪で、椰子の木や西瓜や花火のイラストが描かれている。はー、と一回ため息をついてから、僕はそれを膨らまし始めた。

しばらくすると、背中を叩かれた。振り返ると水着姿の朝日が立っている。ビキニ、とまではいかないけれど、上下に分かれておなかの見える白い水着を着ている。まず目に飛びこんできたのは、朝日の臍《へそ》だった。その小さなくぼみが僕をどぎまぎさせた。僕は再び海を見ながら何食わぬ顔で浮き輪を膨らました。朝日は海に近づき、足首をそろそろと海水に浸している。たいしたものだ。と朝日の水着姿を見て僕は思った。それが正直な感想だ。僕が朝日が敵わないような力を持つのと同時に、朝日の体には僕が今まで見たことのないような、曲線や艶《つや》が備わっていた。海岸にいる誰よりも肌は白い。若い男や、小さな子供のいる父親までもが、水着姿の朝日にちらちらと目をやった。

「まだぁ?」

そう言いながら朝日が戻って来た。僕はぱんぱんに膨らんだ浮き輪の空気口を止めながら言った。

「朝日、日焼け止めとか塗らないと。おまえ死ぬよ」

あ、忘れてた、と言いながら、朝日はリュックの中を手で探った。白いプラスチック容器に入った乳液状の日焼け止めを、朝日は手や足にべたべたと塗りつけている。

「背中お願いします」

そう言って朝日が日焼け止めを僕に手渡し、背を向けた。僕は一瞬ぎょっとしたが、何事もなかったかのように、手のひらに日焼け止めを出し、水着の布がない部分に広げた。手を動かす方向に、背中の産毛が流れる。手のひらで直に朝日の肌に触れている。そのことがどうしようもなく恥ずかしかった。体の一部のかすかな変化を知られないように、僕は、ほら行くよ、と大声を出して、海に向かって駆けだした。ざぶざぶと海に入り、いつものようにクロールで沖まで全力で泳いだ。振り返ると、朝日は岸のすぐ近くで浮き輪に体を入れ、ゆらゆらと波に揺られ、僕のほうをうらめしげな顔で見ている。ちぇっ、と思いながら、僕は朝日のところまでクロールで戻った。

朝日の浮き輪を後ろから押しながら、僕はバタ足で沖に進んだ。僕がさっき泳いできた場所のもっと先まで。そのあたりには泳いでいる人もいない。朝日は後ろを振り返りながら、もう、いいよぅ、と小声でつぶやいた。なぜだか朝日にむちゃくちゃにいじわるしてやりたい気持ちがわいてきて、僕は朝日をそこに残し、一人で沖に進んだ。

僕と朝日の距離は十メートルくらい開いていただろうか。僕はゴーグルを外し、振り返って朝日を見た。その顔を見てはっとした。最初にこの海岸で会ったときの、たえさんみたいな顔をしていたからだ。

朝日にそんな顔をさせたのは僕だ。ばあちゃんの家に来たいと何度もＬＩＮＥやメールを送ってきたときから、薄々感じていたことだ。それにまるで気がつかないふりをして、朝日にいじわるをして、朝日にあんな顔をさせている。急に海水の温度が下がったように感じた。見上げると、さっきまであんなに晴れていた空も雲行きが怪しい。波もなんだか荒くなってきたような気がする。

僕はクロールで朝日のところまで戻り、こっちを向いている朝日の浮き輪の向きを変え、それを押しながら、岸に向かって泳ぎだした。その間、朝日の首のあたりに浮かんだ骨の出っ張りをずっと見ていた。

「なんか降りそうだから」

朝日にそう声をかけると、前を向いたまま、子供のようにこくり、と頷《うなず》いた。

「晴れていたら、龍宮窟に行けたのにねぇ」

雨でびしょ濡れになって家に戻った僕と朝日に、乾いたタオルを渡しながら、ばあちゃんが言った。

「でもほら、庭で、これくらいはできるでしょ」

そう言って、ばあちゃんは玄関の靴箱に置いてあった花火の袋を僕と朝日に見せた。

「さっき、相川さんとところのたえちゃんがね、たくさん買ったから、って。歩くんの象のおもちゃ取りに来たときに、海岸のそばで朝日ちゃんと真を見かけたんだって、気を遣ってねぇ、あの子……」

たえさん。たえさんに朝日は僕のガールフレンドかなんかだと思われているだろうか。ばあちゃんの話を聞いてまず思ったことはそれだった。もし、そう思われていたら。僕の頭の中がぐるぐるし始める。たえさんがそう思うのは自然なことだ。そう思いながら、僕はさっきの海での様子とはまったくトーンの違う朝日の声を聞いていた。

夕食を終えて、ばあちゃんに着せてもらった朝顔柄の浴衣を着て、朝日がはしゃいでいる。水着姿も浴衣姿も朝日にはとても似合っている。十人の男が見れば、十人ともかわいいと興奮するくらいのかわいさだろう。けれど。

ばあちゃんもいっしょにやろうよ、と誘ったが、ばあちゃんは暑さに負けて少しだけ体がだるいから、と、玄関脇の和室で早々と横になった。ばあちゃんのその気の遣い方もほんの少し、僕を苛立《いらだ》たせる。ばあちゃんに罪はまったくないはずなのに。

雨が上がったばかりの庭は、むっとする草いきれに満ちていた。そこに夜風で吹き上げられた潮の香りがかすかに混じる。見上げると、グレイの濃淡の混じった雲が速いスピードで流れていく。虫の鳴き声も聞こえてきたが、それを聞くともう秋が来たようで、僕は無性に寂しくなった。朝日は無表情で花火のビニール袋を開けている。僕はじいちゃんの仏壇から持ってきた蠟燭を敷石の上に立て、そこにライターで火をつけた。

花火をするのはいつ以来だろう。この前、ばあちゃんの家に来たときにはしなかったような気がする。朝日は先端に紙のひらひらがついた花火を手に取り、火にかざした。火薬のにおい。僕の好きな夏のにおいのはずなのに、無表情というよりも、仏頂面をした朝日が目の前にいるせいか、心は躍らない。朝日は、花火を楽しんでいるというより、早く終わらせたいようで、花火に次々に火をつける。僕は花火がすっかり終わってしまうのが怖くて、手持ちぶさたに火のついた花火をぐるぐる回したりした。

僕も朝日もどちらも花火を手にしていないときに朝日が口を開いた。僕の体が緊張していくのがわかる。暗闇に花火が終わったあとの白い煙だけが流れている。そして、残響みたいな虫の鳴き声。「わたし」朝日が僕のほうを見る。

「わたし、真が好きなのね。中学生の頃からずっと」声はかすかに震えているようだった。

「あのね……」

うん、と声に出さずに僕は頷いた。

「真は……」朝日が唾をのみこむ音が聞こえた。

「真は私のこと……」

「ごめん……」

「好きな人とかいるの？　つきあってる人とか？」

「……つきあってる人はいない。だけど……」頭に浮かんだのはあの人の顔だった。歩くんを抱えて泣きそうな顔をしたあの人。たえさん。

「好きな、……気になる人はいるんだ？」

そう言いながら朝日がそのましゃがみこんだので、倒れるのかと思った。

「水着着たわたし、かわいかった？」

朝日が顔を上げて聞く。うん、と僕は頷く。

「浴衣着てるわたしもかわいいでしょ」もう一度、僕は頷く。

「それでもだめなんだ?」

「朝日は、僕の、大事な、幼なじみだ」自分の口から出てくる言葉が残酷だと思った。けれど、嘘《うそ》はつけない。

朝日は線香花火の束を手にすると、それをそのまま蠟燭の火に近づけた。一本にすれば、小さな火球になるはずのそれは、束になると、その分だけでかくなる。ばちばちと音を立て、枝のような光を四方に放って、あっという間に、地面にぽとりと落ちた。

朝日は手のひらで顔を覆った。泣いているように頭が動いたが、泣き声は聞こえなかった。寝ているばあちゃんに気を遣ったのかもしれなかった。

「ごめん……」そう言葉をかけながら、朝日と同じ目に自分もいつか遭うのだと僕は確信したのだった。いつか、そう遠くはない日に。


「また、いつでも、おいでね」

来たときと同じように、朝日とばあちゃんは改札口で熱い抱擁をかわし、朝日は改札口に入ると、片手を上げて、頭を下げ、プラットフォームの人ごみのなかに消えていった。朝日の顔はすこしむくんではいたが、目が赤いとか、腫れているとか、そういうことはまったくなかった。朝食のときだって、ばあちゃんと明るい声をあげながら、あれこれと作業をしていた。けれど、昨日の花火以来、朝日は僕の顔を一度も見なかった。朝食のときも、そして今も。朝日が乗る電車は、海が見えるほうの席だったらいいのにな、と僕はそれだけを思った。

ばあちゃんの車に乗り家に帰った。玄関先、イスノキの陰に誰かが立っている。車が近づくと顔が見えた。たえさんだった。僕の胸がどきりとする。

「これ、母が鰯《いわし》をたくさんもらったらしくて」そう言いながら、たえさんは白い重そうなビニール袋をばあちゃんに手渡そうとした。

「あら、こんなに、そんなにいいのよ」と言いかけた瞬間、ばあちゃんの体が揺れた。地面に倒れそうになったところで僕が抱きかかえたから、地面に頭を打つことはなかったが、僕の胸のあたりに倒れ込んだばあちゃんの体は、力が抜けて、ぐんにゃりしている。

「ばあちゃん！　ばあちゃん！」僕は何度も叫んだ。

「頭を動かしたらだめ、ここに横に寝かせて」

いつも泣きそうな顔をしているたえさんが、はっきりとした声でそう言ったので、僕は頷くことしかできなかった。救急車はたえさんが呼んでくれた。僕は、救急車が来るまで、手のひらでばあちゃんの顔のあたりに影を作ることしかできなかった。

「軽い熱中症だそうよ。すぐ良くなるから。脳のほうにもなんの問題もないって」

たえさんは、ばあちゃんの検査が終わるのを病院の廊下で立ったまま待っていた僕にそう言った。そう言われた瞬間、予期せず、僕の目に涙が浮かんだ。ばあちゃんがこのまま死んでしまうかもしれない、と思っていたからだ。恥ずかしくてTシャツの袖でぐいっと、涙を拭《ふ》き俯《うつむ》いた。

「びっくりしたでしょう。……でも、大丈夫なのよ」

たえさんが僕の腕をつかんでそう言った。子供に言うように。たえさんの声は優しかった。できれば、このまま、たえさんに抱きついて声をあげて泣きたかった。子供みたいに。無邪気なふりをして。

「……すみません、いろいろ……」

やっとの思いでそう言うと、たえさんは僕の腕をさすった。

「二、三日入院すればすぐによくなるから。大丈夫よ」

そう言って、たえさんは笑った。その笑顔は僕の心にくっきりと刻みつけられた。いつも泣いたような顔をしているたえさんとはまったく違う、力強くて優しい、女の人の笑顔だった。

たえさんは、そのまま帰って行った。

病室に入ると、ばあちゃんが僕の顔を見て片腕を上げた。反対の腕には点滴の針が刺さっている。細かい皺《しわ》の寄った腕や手は、間近に見ると、やはり老人のもので、ふだんは元気すぎるばあちゃんが予想以上に年齢を重ねていることを、僕は改めて感じたのだった。

「京都には電話しないでね。あの子、心配して飛んでくるだろうから」

わかった、と言いながら、僕はばあちゃんのベッドの脇にある丸い椅子に腰掛けた。

「たえちゃんが救急車呼んでくれたんだってね。真、びっくりさせてごめんね」

ううん、と僕は声に出さずに首を横に振った。

それから、ばあちゃんは冷蔵庫に入っているものをひとつひとつ挙げ、それをどうやって食べたらいいのか、僕に説明しようとしたが、大丈夫だから、一人でも大丈夫だから、と僕はばあちゃんの言葉を遮った。

「じいちゃんのところに行っちゃうかと思ったわ」

そういうこと言うなよ、と言いたかったが、黙ったまま、僕はばあちゃんの首元の布団を直した。そうしながら、僕はいつかばあちゃんに聞きたかったことを聞いた。

「ばあちゃんとじいちゃんって恋愛結婚？」

「……違うわよ。親戚の誰かが持ってきた見合い写真を見て、一回だけ会って、それで結婚して、子供産んで」

ばあちゃんは点滴の刺さっていないほうの手で、額にかかった髪の毛を頭のほうになでつけた。

「相手のことなんて何にも知らずに結婚したけれど、じいちゃんは凶でも外れでもなかったね」そう言ってふふっ、と笑った。

「何よいきなり。真もそういうことが気になる年になったか」

そう言ってまた、笑った。


ばあちゃんが入院している間は、海に行く気持ちにもなれず、一人でいるのも心細く、僕はばあちゃんの家を徹底的に掃除した。床に散らばっている新聞紙を束ねて紐《ひも》でくくり、乾いたまま山になっているタオルや洋服を畳んだ。台所の床や廊下や縁側を雑巾で磨き、窓ガラスを拭き、風呂場の黴《かび》を取り、消えたままになっていた廊下の照明の電球を替えた。洗濯ものを干し、自分で作った簡単な昼飯を食べてから、病院に向かった。ばあちゃんの顔色は日に日に良くなっていった。

明日、退院するという日、ばあちゃんのベッドのそばに座っていると、カーテンがそっと開かれ、たえさんが顔を出した。僕が立ち上がろうとすると、たえさんは僕をそっと手で制して立ったまま言った。

「明日、東京に帰ります。夫が迎えに来ると」

「そう……。それは良かったわ」ばあちゃんはうれしそうに言った。

僕はジュースを買ってくる、と言って、たえさんに頭を下げて病室を出た。たえさんが、明日、いなくなる。

僕は廊下に出て、窓の外がじわじわと夕暮れのオレンジに染まっていくのを見ていた。明日、たえさんが東京に帰ってしまうということは、もう二度と会えなくなるということだ。そう思うと、胸のどこかがつねられたように痛い。

しばらくすると、たえさんが病室から出て来た。

「ちょっと待っててください」と僕は言い、病室のばあちゃんに、明日の退院時間に迎えに来るから、と告げた。ばあちゃんはなぜだか、さっ、と目尻をぬぐい、

「待ってるからね」とだけ言った。

「僕も帰ります」そう言って、僕とたえさんはいっしょに病院を出た。

外の空気は、僕がばあちゃんの家に来たときよりずっと涼しくなっていた。僕はたえさんと並んで歩いた。ここから家までは、海岸沿いの国道を歩いて、坂道を上って十五分くらいだろうか。僕はなんとかしてその時間を延ばしたかった。横に並んだたえさんの頭は僕の肩くらいにある。ふと目をやると、たえさんが手に提げた小さな赤いかごの中に、細々としたものがたくさん入っているのが見えた。この人が生きていくのに必要なもの。誰かの妻として、そして、歩くんの母親として。

「あの、歩くんは……」

「うん。母がみているの。もう、私なんかよりずっとおばあちゃん、おばあちゃん。明日はきっと、泣くと思う」

国道にはテールランプを照らした車が列をなしていた。国道沿いの海岸には、もう誰もいない。空はオレンジから紫に変わり、もうすっかり夜の気配を漂わせている。

「ねぇ、真くん、龍宮窟にちょっと行ってみない？」

そう言って、たえさんは僕の返事も聞かずに、停《と》まったままの車の間をすり抜け、海岸のほうに歩いていこうとする。僕もその後ろについて行った。真くん。たえさんに名前を呼ばれたのは初めてじゃなかったろうか。

「こんなに長くいたのに歩がいるでしょう。一回も泳げなかったの。龍宮窟に行くのも怖がってね……」

たえさんの口調は軽やかだ。やはり明日、東京に戻ることで、たえさんのどこかが軽くなっているのかもしれない、と僕は思う。僕の知らない何かが解決されたのだ。僕の知らないどこかで。僕の知らない人とのトラブルが。

暗くなった海岸を少し歩いて、龍宮窟に向かう階段を手探りでゆっくり降りていく。僕が先に歩き、たえさんに手を貸した。このあたりではカップルのデートコースとして有名な場所だが、今日は僕とたえさん以外に人はいなかった。目の前に海に繋がる大きな穴があり、そこから波が入ってくる。たえさんは波がやってこない石の上に座った。僕も少し距離を置いて腰を下ろした。ただ黙って二人、波が来ては返す音を聞いていた。

「高校生のとき、初めてできた彼氏と来たことがあるのよ。……真くん、この前の彼女と来た？　あの子、すごいかわいいねぇ」

たえさんが前を向いたまま言った。彼女とは誰だろうと一瞬思ったが、朝日のことか、と思い、僕は首を振りながら言った。

「彼女ではなく、幼なじみです。ただの……」

僕はそのとき、朝日の首のうしろにある骨の突起を思い出していた。朝日から、あの日以来、何も連絡はない。僕と朝日はもう二度と昔のように話すことができないような気もした。僕は朝日を傷つけた。今度は……。

「あそこに見える星、あれってアンタレス？」

たえさんは急に空を見上げ、指を差して言った。東の空に強く光る星が見えた。銀紙のような光を放っている。

「あぁ、……あれは、アルタイルです。わし座の。アンタレスは南のほうに見える赤い星ですね……蠍《さそり》座の、ここからだと、よく見えないけれど」

星のことなら、ここに来るたび、父さんから何度も説明された。

夏の夜空に浮かぶ三つの星を結ぶとできる大きな三角形のこと。そのひとつが銀色のアルタイル。南の空の低いところに赤く輝く星がアンタレス。

「真くん、くわしいんだね」

得意げになって説明しているように思われたらいやだった。僕は俯いて首を横に振った。

「わたしは蠍座なの。蠍座は嫉妬深くて執念深いらしいね」

そう言って、たえさんは息を吐くように笑った。

「僕は獅子座です」

「そう、夏の生まれね、だから」「たえさん……」

たえさんが僕のほうを向いた。暗いからその表情はわからない。

「僕はたえさんのことが好きです」

そう言うにはものすごく勇気が必要だった。けれど一気に言ってしまった。できれば、波の音に紛れて、たえさんの耳に届かなければいいとさえ思った。けれど、朝日を傷つけた僕はきちんと伝えるべきだ。

「ありがとう……」

たえさんはただそれだけ言った。

僕とたえさんの前には、波でくりぬかれた岩の向こうに海があり、僕とたえさんの上には星空があった。ただそれだけだった。しばらくの間、僕とたえさんは黙ったままでいた。

そして、たえさんが、「もう、帰るね」と小さな声で言った。突然、そんなことを言った僕を怖がったのかもしれなかった。僕は石の上に座ったまま、しばらくの間、そこにいた。たえさんが階段を上がっていく音が聞こえて、そして、いつの間にか聞こえなくなった。


翌日の午前中、ばあちゃんを病室に迎えに行くと、そこに相川さんがいた。ばあちゃんは洋服に着替え、荷物をまとめるのを相川さんが手伝っていた。

「元気になってほんとうに良かった。真くんもびっくりしたでしょう」

はい、と言いながら、相川さんの横にはもういない、たえさんを思った。多分、今朝早く、東京に帰ったのだろう、と。結婚している人が迎えに来て、たえさんは東京に帰って行った。結婚している人と、その子供といっしょに。

東京のどこかへ。僕の知らないどこかの町へ。

家に帰ったばあちゃんは、綺麗になった家の中を見て驚き、

「ほんとうに心配かけてごめんね真」と言いながら、僕を抱きしめた。

「真はまた、大きくなったような気がするわ」と泣きそうな声で言った。

僕が茹でた素麺と相川さんが手渡してくれた魚の煮付けを食べたばあちゃんは、僕

が敷いた布団に横になり、

「泳いでおいで真。もう夏も終わってしまうから」と言った。

僕は自分で魔法瓶に麦茶を入れ、海に続く坂道を降りていった。

僕が来なかった三日間、海岸は素知らぬ顔で、すでに秋の気配をまとっていた。夏から秋へ、まるで洋服を着替えるように。じりじりと腕を焦がした太陽の力も弱くなっている。やる気を見せろよ、まだ八月だろう。僕は心のなかで太陽に毒づく。

海岸には、家族連れが何人かいたが、波打ち際で遊ぶ人やサンドスキーをする人ばかりで、海で泳いでいる人は誰もいない。もう、海月が出るようになったからだろう。

僕はTシャツを脱ぎ、ビーチサンダルを脱いで、海に向かって走って行った。行けるところまで、クロールで全力で泳いだ。途中、どろりとした何かが足の間を移動していくのを感じた。刺すなら刺せよ。沖でぽかり、と僕は仰向けになって浮かんだ。ばあちゃんの家に来て、最初に泳いだあの日のような、解放感はもうどこにもなかった。むしろ、海に浮かんでいるのに重力のようなものを僕は感じていた。
十六、十七、十八と、年を重ねるにつれ、その重力は重くなっていくだろう、という予感があった。浴衣姿の朝日を思い、銀紙色のアルタイルをアンタレスと間違えた、たえさんを思った。あの人のことが好きだった。そして、僕は息を止め、行けるところまで深く潜っていった。

朧月夜のスーヴェニア

「もう、おばあちゃんったらー。なんでこぼすの」

孫の香奈《かな》が、私の口元をタオルで乱暴にぬぐった。若い人から見れば、皺《しわ》だらけの汚い皮膚にしか見えないかもしれないけれど、力を入れられればそれなりに痛い。もう、もう、と言いながら、香奈はセーターにこぼれたミルクを力まかせにごしごしとこする。そんなことをしたってタオルはミルクを吸い取らない。大量にこぼれたのだから、セーターそのものを着替えさせるべきだ。この暖房のなかにいたら、すぐにいやなにおいを発しはじめるだろう。

くるくると私の頭のなかは回転しているのに、香奈の目から見れば、私はだらしなく口を開けた、一人の老婆でしかないのだろう。香奈だけでなく、息子も、息子の妻も、私のことを認知症だと思っている。

けれど、違うのだ。私は認知症ではない。新しいことを覚えたくないだけ。新しい記憶がおさまらないほど、古い記憶で頭のなかがいっぱいなのだ。だから、時折、月が雲に隠れるように、家族の顔や、住んでいる場所や、自分の名前や、年齢がわからなくなる。

香奈はさっきのタオルで、床にこぼれたミルクを拭《ふ》き取っている。

顔を拭くタオルで床も拭くなんて。なんて、がさつなんだろうと思いながら、床にはいつくばって手を動かす香奈の顔を見る。この子、いくつになったんだっけ。二十九？　それとも三十二？　でも、相当な年増《としま》であることには間違いないわ。毛染めでごまかしているけれど、髪の毛の艶《つや》だってない。目尻には細かい皺が寄っているわ。私がこの子の年には、子供も二人産んで、毎日てんてこ舞いだった。けれど、嫁としての役目はきちんと果たしたと思うのよ。それなのにどうでしょ。この子ったら、まだ実家で親のすねをかじって、家事ひとつ満足にできない。どこかにいい男いないかなー、って、ソファに寝っ転がったまま、携帯で大声で話しているけれど、こんな女を好きになる男なんて、この世のどこにいるのかしら。

家にいれば、パソコンって言うのかしら、蓋がぱかんと開く、銀色の機械の画面ばかり見ているわ。早く嫁に行け、と息子は言うけれど、本心ではないわね。冷蔵庫にはこの家でただひとり酒をのむ香奈のための缶ビールが詰まってる。それをうれしそうにホームセンターに買いに行くのは息子よ。息子の妻は、香奈には、家事を手伝わせたりしない。香奈が結婚して、この家からいなくなって、夫と私に向き合うのがいやなのよね。三十過ぎて結婚もできない女が、こんなに居心地のいい家から、出て行くわけないじゃない。

　金曜の夜には、いつもお酒くさい息で帰ってくるけれど、外泊なんてしないのよ。泊まるような恋人もいないのでしょうね。土曜日、日曜日は、だらりとした服を着て、パソコンを見て、缶ビールをのんでいる。なんで、この子、女として生まれてきたのかしら？

　また、ぐいと、力まかせに、香奈が私の口を拭いたわ。それ、さっき、床を拭いたタオルじゃない。私がわからないと思っているのね。でも、いくつになっても、悲しいわ。乱暴に触れられたら。嘘《うそ》でもいいから、やさしく触れられたい。誰かが私に、やさしく触れてくれたのって、もうどれくらい前になるのかしら。

　乱暴に足音を立てて、香奈が部屋を出て行った。

　こんなよく晴れた日曜日に、私なんかと家のなかにいるのはいやでしょうね。でも、早くなんとかしないと、あの子の魅力なんて、すぐに枯れてしまう。なまじ、自分のことをかわいいと思っているからたちが悪いのね。

　確かに、香奈は人よりかわいいわ。高校や大学生のときに、ボーイフレンドがいたのも知ってる。けれど、そのときだけ。ちやほやされた思い出が忘れられないのね。そこに寄りかかって、男を見下《みくだ》しているんだわ。多少、かわいくなくったって、自分にやさしくしてくれる女のほうが男だって安心するはずよ。どうして、あの子は自分に女としての価値があるのだと、思いこんでいるのかしら。

窓の外から、選挙カーの音が聞こえてきたわ。連呼される男の名前。その男の顔はテレビで見た。元タレントだか、俳優の男よ。体もがっちりしていてね、顔もいいの。その男が何を言っているかなんて、もう興味はない。日本がどうなろうと、もうすぐ死ぬ私には知ったことではないもの。今は戦前と雰囲気がそっくりだ、って、その男がテレビで言ってたのを聞いた。そうかしら？　この国は今、そうなっているの？　家のなかにいるだけの私にはわからないわねぇ。それに、私が子供の頃だって、気がついたら、もう、戦争はいつの間にか始まっていたのよ。その男だって、戦争を体験していないはずなのに、なんでそう思うのかしら。

私が座る椅子のわきには、いつでも手が届くように、小さなテーブルに大事なものが並べてあるの。黒い革のがま口を手にとる。金具を開けるのに手こずるから、いつも、口を開けておくのだけれど、ここに入れておいたお金をくすねていく人間がこの家にはいるわ。馬鹿ねぇ。一言言えば、あげるのに。お金を使うことなんて、私にはもうほとんどないのだから。

震える指で小さな写真をつまみ出す。もう端も擦《す》り切れて、写真じゃなくて、ただの紙切れね。人のカタチをした、白い影が写っているばかり。でも、私の、白く曇った目のせいでそう見えるのかもしれないわね。

若い頃、戦争があったたわ。ずいぶん昔のことよ。

みんなもうすっかり忘れているけれど。

今はこんなにしわくちゃだけれど、私にも若い頃はあったの。私の顔はそれほど美しくはないけれど、若いときは、それなりに見られた顔だったと思うわ。それに私、頭も悪くなかった。女子大にも行かせてもらったんだもの。父は煙草《たばこ》や塩、樟脳《しょうのう》を扱う大蔵省専売局の局長を務めていて、家だって貧しくはなかった。病気もせず、体も健康だった。私は長女で、三歳下に妹がいた。私たちにはそれぞれ許嫁《いいなずけ》がいた。父の古い友人の息子たち。その兄と私、弟と妹はそれぞれ結婚の約束をしていた。

許嫁である稔《みのる》は、私より四つ上だった。

子供の頃から、私たちは、お互いの家を行き来し、家族ぐるみのつきあいを続けていた。父親同士は同じ大学の同級生。高齢で、戦争には行ってない、という共通点もあった。戦争が始まっても、ふたつの家族は、誰も欠けることなく、日々の生活を続けていた。両親が口にする許嫁という言葉の響きには慣れていたし、私は将来、稔と結婚することを疑いもしなかった。

お互いを意識しはじめたのは、私が目白にある女子大の付属小学校に入った頃のことかもしれない。ある春の日曜日、私たち家族は、稔の家にお邪魔していた。稔の家は、私の家とはまったく違う洋館で、白い漆喰《しっくい》の壁に、深緑色の窓枠、二階には円形の大きなバルコニーがついていた。大人たちが一階の広間で、お茶やお酒や煙草を楽しむ間、子供たちは、二階のすべての部屋を使ってかくれんぼをした。大きな書庫やクローゼット、ずっと使われていない暖炉など、小さな子供が体を隠せる場所はいくらでもあった。

二階のいちばん端にある客室は、窓の外に茂る木々のせいで、日当たりが悪く、常に薄暗かったから、妹や稔の弟はなかなか足を踏み入れようとはしなかった。だからこそ、私は、よくこの部屋に隠れた。壁沿いにある備え付けのクローゼットは絶好の隠れ場所だった。蝶番《ちょうつがい》が傷んでいるせいで、キィッと音のする扉を開け、身を隠して、再び、扉を閉じる。黴《かび》と埃《ほこり》のにおいのするくらやみのなかでじっとしていると、自分の鼓動まで聞こえてきそうなくらい緊張した。

ある日、扉を開けると、そこに先客がいた。膝《ひざ》を抱えた稔が、大きな目で私を見上げている。ここはだめね、と、声をひそめて言うと、だいじょうぶだから、と稔も同じようなひそひそ声で返した。稔と少し距離を置いて座り、扉を閉めた。同じくらやみのなかに私たちはただ座っていた。二人の呼吸音だけがかすかに聞こえる。部屋の外、廊下のほうから、鬼をしている稔の弟が、私の妹を見つける大きな声がした。扉の隙間から、細い光が漏れて、目を閉じた稔の顔を照らしていた。長い睫《まつげ》が光のなかに浮かんでいる。

女の子みたいね。そう思った瞬間には手が伸びていた。

私の指先が稔の頰《ほお》をゆっくりと滑る。稔は一瞬、ひどく驚いた顔で私を見たが、すぐにもう一度、目を閉じた。稔さんが女で、私が男みたいね。そう思いながら、稔の頰を撫《な》でた。見ーつけた、という声で勢いよく扉が開いたときには、まるで何事もなかったように、私は稔の頰から手を離していた。そのときから、その場所が、私と稔の秘密の場所になったのだった。

私と稔は、かくれんぼ、という名目がなくても、弟や妹の目を逃れて、しばしばそこに隠れた。けれど、私が稔に触れたのはあのときだけだ。稔から私に触れることは決してなかった。そのあとはただ、二人でくらやみのなかに座り、二人で息をひそめて隠れていた。けれど、中学に入る頃には私たちの体は成長し、二人でそこに入ることはできなくなった。

私たちが成長するにつれ、日本という国は戦争にまっすぐに向かっていった。

私が生まれた頃には、世の中にはすでにその気配が満ちていた。

気がついたときには、それが日常になっていた。それでも女や子供はまだ良かった。戦争という出来事のなかでは、どこか部外者だった。不運なのは若い男たちだった。有無を言わさず戦地に駆り出されるようになった。

大学に入った稔も例外ではなかった。学徒兵として戦場に赴《おもむ》くことになった。

稔のための食事会が開かれた。日々、食糧の困窮《こんきゅう》には拍車がかかっていた。その頃にはもう、私の家でも白米を食べられることは滅多になかったが、稔の両親は、稔のために、稔の好物をテーブルいっぱいに用意していた。白米だけでなく、どこから手に入れたのか、肉や日本酒、葡萄酒まで用意されていた。息子のための、稔の両親の心遣いではあったが、皆に囲まれ、緊張した面持ちの稔は、そのごちそうを一口、二口しか口にしなかった。

稔を囲む皆も、稔に気を遣って、食欲の赴くまま手を伸ばすことには抵抗があった。私の妹だけが、何を気にする様子もなく、口いっぱいに食べ物を頰張り、母に視線で注意されていた。

食事のあと、私と稔は二階に上がるように言われた。もしかしたら、今夜が稔との最後の夜になるかもしれないから、という心配りなのかもしれないけれど、稔と二人きりにされるのは、どうにも居心地が悪かった。

幾度となく入ったことのある部屋ではあったが、二人で本を読んだり、レコードを聴いたり、たわいもない時間を過ごしただけだった。二人でこの部屋にいるより、クローゼットのなかにいた時間のほうが長かったかもしれない。幼い頃、クローゼットのなかで起きたような出来事は、あの日以来、一切なかった。私が稔に触れたこともなかったし、稔が私に触れたこともなかった。

けれど、その日の稔は、部屋に入るとすぐに、耳まで真っ赤にして、私を抱きしめた。

「必ず生きて帰ってきます。待っていてください。お国のために戦ってまいります」

まるで、お芝居の台詞《せりふ》を読んでいるみたいね。そう思ったけれど黙っていた。

私よりも色が白く、女の子のように華奢《きゃしゃ》な稔が、戦争に行く、ということをうまくのみこめなかった。稔が人を殺しにいくより、殺されにいくことを想像するほうが容易《たやす》かった。

稔はおずおずと顔を傾け、私にくちづけをした。稔が震えているのはわかったし、歯と歯がぶつかる音がしたけれど、それを笑うのは失礼だと思っていた。体を離すと、稔の手が私の胸をまるでゴムまりのように揉《も》んだ。稔の鼻息が次第に荒くなる。それも笑ってはいけないような気がした。こんなに細い指で、細い腕で、稔は本当に戦争に行くのかしら。もしかしたら、私が戦争に行ったほうが、お国のためになるんじゃないかしら。胸を揉みしだかれながら、私はそんな馬鹿なことを考えていた。

その日は、秋雨《あきさめ》の降る肌寒い一日だった。

明治神宮外苑競技場のまわりも、観覧席も、学徒兵を見送る人たちでごった返していた。学徒兵たちは、黒の学生服に、角帽、肩からは白いタスキ、ゲートルを足に巻いていた。次々に入場してくる学徒兵の列が、私のいる観覧席にさしかかると、急に一人の学徒兵が「征《い》ってくるぞ」と声をあげ、私たちのほうに手を振った。稔さんはあんな声はあげないはず。そう思いながら、同じ服装で進む、若い男たちの集団を目で追ったものの、稔の姿を見つけることはできなかった。

観覧席の正面中央、いちばん高い場所に、たくさんの勲章や徽章を、軍服の胸につけた東條英機首相が立ち、激励の辞を読んだ。観覧席の誰もが、傘も差さず、その言葉に耳を傾けていた。隣に立つ母が、私の手をそっと握る。母は白いハンカチで目のあたりをぬぐった。娘の許嫁が戦地に行くことを母は悲しんでいるのだろう、と私はそのとき考えていたが、母の悲しみの隅々まで、ちっともわかってはいなかったのだと思う。

目の前の景色が揺れはじめたのは、競技場の中央に並び、微動だにしない男たちの列を見ているときだった。誰も逃げ出さない。誰も叫び出さない。ただ、無言で、背筋を伸ばし、雨に打たれている男たちを見たとき、ふいに涙が湧いた。ここにいる男たちは多分、ほとんど、死んでしまう。生きて帰る者のほうが少ないはず。

ならばなぜ、この男たちに生を与えたのか。なぜ、この男たちの生を唐突に奪おうとするのか。そのことに抵抗もせずに従う男たちにも腹が立っていた。涙は悲しさではなく、悔《くや》しさで流れた。そんなことを口に出したら、私自身が酷《ひど》い目にあうこともわかっていた。

母は、私がどんなことを考えているかも知らず、そして、何も言わず、ただ、涙を流す私の背中を擦《さす》り続けていた。私の頰の上で、涙と降り続く雨が混じり合っていた。


長い人生のなかには、濃い色がついて、輪郭のはっきりした年と、淡く、今にも消えてしまいそうに記憶にまったく残らない年があるような気がする。だとしたら、十八、十九、二十は、私にとってどうやったって忘れることができない、白いシャツに散った赤いインクのように、石けんでいくら擦《こす》っても落ちない、そういう年だ。

満州事変、日中戦争、大東亜戦争、生まれてすぐから、事変、そして、戦争が続いていたから、自分の毎日のその先に、長い人生が続くことに、どこか現実味がなかった。刹那《せつな》、という言葉を知ったとき、私があんなことをしたのは、私だけのせいじゃないのではないか、と都合のいいことを考えたこともある。

昭和十九年、私は十八歳で、大学の家政科の一年生だった。

その年の春からは、学徒勤労動員が始まり、大学の女子学生たちも、順次、動員先に赴いた。大学長は「せめて一年間は勉学を」と願ったが、有無《うむ》を言わさず、私たち一年生も動員された。

私のいた家政科の生徒たちは、東京西部にある飛行機工場や、電機会社に赴くことになった。私が通うことになったのは、無線会社の工場で、真空管の検査や電気機器の組み立てや性能検査などを任された。

一日中、ミシンを踏んで落下傘を縫わされるとか、ハンマーを握る手が真っ赤な血で染まるほど工場の機械を修理させられるとか、ヒロポンを打って過酷な仕事をさせられるという噂《うわさ》を聞いていたので、いったい、どんなにつらいことが待っているんだろう、と、私たちはひやひやしていたが、我慢できないほどの作業ではなかった。もしかしたら、戦時中の労働力として、お嬢様大学に通う私たちはそれほど期待されていなかったのかもしれない。

自宅から工場までは、省線を乗り継いで一時間ほどかかった。

西に向かうほど、家は少なくなり、武蔵野の風景が広がるようになる。いまだ空襲で燃えることもなく、小さな家がひしめきあうような私が住む町とは、まったく違った空の高さがあった。駅から工場までの道の両脇には、麦の黄色い穂が風に揺れていた。

戦中とは思えないほどの、ゆっくりとした時間が流れていた。本当に戦争が続いているのかしら、と思いながら、夏が終わり、秋が来た。けれど、十一月には私が通う工場にもほど近い飛行機の製作所に大量の爆弾が落とされた。工場は炎上し、たくさんの死傷者、負傷者が出、工場の一部は瓦礫《がれき》の山になった。稔のような兵士が私たちを守ってくれる、と思いこんでいたが、私も同じように、日々、命の危険にさらされているのだと改めて知ったのだった。

やがて、空襲は都心でも頻繁に行われるようになった。

空襲で焼かれた死体だって見たことはある。けれど、いつか自分がその死体になるかもしれないとはなかなか思えなかった。自分のすぐそばに落ちる爆撃の火で焼かれる痛みすら、その頃の私には想像することはできなかった。

私は毎日、工場に通った。

長い黒髪は、満足に洗えないことを考えれば短く切ったほうがよかったのだろうけれど、どうしても切りたくはなかった。普段は髪の毛を編み込んでまとめていたが、何日も風呂に入れない日が続けば、においやかゆみが気になる。どうしても我慢できなくなると、洗濯石けんを使って洗髪をした。母が愛用していた薔薇《ばら》の香りのする舶来の石けんはもう手に入らなくなっていた。浴室で裸になって、溜《た》めたままになっている浴槽の水で髪の毛をすすぎ、石けんで丁寧に洗った。泡も立たない粗悪な石けんだが、水だけで洗うよりはよっぽどましだった。

浴室のガラス窓から、橙色《だいだいいろ》の夕陽《ゆうひ》が透けて見えた。その光で私の裸も同じ色に染まっていた。長い髪の毛の先から水滴が落ちて、私の乳房の上を流れていく。水滴が触れた乳頭がかたくなっていくのを感じていた。稔が揉みしだいた胸だ。稔はもう一度、この胸に触れることがあるだろうか。

乳頭をつまんできゅっと力をこめた。体のどことどこがつながっているのかわからないが、そうすると、両足の間も同じようにかたくなっているような気がした。何度かそうしているうちに、突然、空襲警報のサイレンが聞こえた。私は慌てて浴室を飛び出し、濡《ぬ》れた体に服をまとい、庭にある防空壕に隠れた。隣にしゃがんでいた母が、私のこめかみについた水滴を指でぬぐった。

空気がきりりとひきしまるような冬の日、工場までの道を手をこすりながら歩いた。米も野菜も、もう満足には手に入らなかったから、いつでもおなかは空いていた。空腹のせいなのか、目の前がちかちかとして、視界が急に暗くなることもあった。そのせいか、いつからか月経は止まったままだった。けれど、月経の処理をしなくていい分、体のどこかが軽くなったような気がした。手に入りにくくなっていた月経血の処理をする綿の心配をする必要もなくなったのだから。

遠くの空から、B29が近づいてくる音が聞こえた。早くどこかに隠れなくちゃ、と思うのだけれど、体が動かなかった。誰かが見たら、ぼんやり空を見上げている人に見えたかもしれない。狙われているのはこのあたりではなく、近くにある飛行機工場なのだから、爆撃されるわけがない、と思いこんでいたせいもあった。けれど、予想に反して、黒いものが空からパラパラと降ってくる。鼓膜を震わせる爆音。目の端にた。

見える煙と炎。あぁ、と思った次の瞬間、私は強い衝撃とともに麦畑の中に倒れてい

冬の空に遠ざかっていくB29の腹が見えた。

爆撃にやられたのか、と一瞬考えたが、目も頭もはっきりしている。痛みも感じていない。最初に感じたのは汗のにおいだ。決していい香りではない。どちらかといえば、鼻を背《そむ》けたくなるような体臭だった。その次に、私の体の上に何か大きくて重いものが覆《おお》い被《かぶ》さっていることに気づいた。ちくちくするのは、どうやら短く切った人間の頭髪が、自分の顎《あご》に刺さるほどの距離にあるせいらしかった。体の大きな男が自分の体の上にのっかっている、と気がついたのは、それからまだしばらく経《た》ったあとだった。自分の真上にある空と、風が鳴る金属的な音をただ聞いていた。

「あんた、死にたいの？」と、男は私の胸の上で顔を上げ、笑いながらそう言った。

私の体の両脇に腕をつき、男は立ち上がった。男の顔を太陽が照らしていた。下から見ても、ずいぶんと背の高い、体躯《たいく》のがっちりしている男であることがわかった。男は手のひらでズボンの汚れをはたくと、私に向かって腕をさし出した。

なんのことかわからず、男の顔を見ていると、

「どこのおひめさまかねぇ」と言いながら、また笑い、私の腕をとった。

ゆっくりと立ち上がろうとしたものの、ふらふらとして思わず前のめりになる体を

男が支えた。男が近づくとさっきと同じにおいがした。男が私を助けてくれたらしい、ということが少しずつわかってきた。

「あ、ありがとうございました……」

「貧血ならね、いい注射があるから。こっそり打ってあげますよ。病院にいらっしゃい」

「……お医者さまなのですか?」

「卵ですよ。医学生です。だからこうして戦地にも行かず、ふらふらとしていられるんです」

そう言ってまた笑った。

「じゃ、失敬」

そう言って、男は歩き出した。黒いズボンの後ろポケットに入れた手ぬぐいが左右に揺れる。砂利道は白く乾いていて、下駄の男が歩くたび、砂埃が舞った。男が離れていくのに、ふいにさっき感じた体臭が鼻をかすめた。その香りを、なぜだかもうなつかしく感じていることに、私は驚いていた。においだけでない。男のおもみや、体のあたたかさを、私はもう自分のどこかではっきりと記憶していた。

遠い戦地にいる稔のことを思うとき、思い出すのは、女の子のような細い腕や指、色白の顔だった。その面影も本当のことを言えば、少しずつ薄れかけていた。稔を思い出そうとすると、頭がぼんやりとしてくる。そのことに罪悪感があった。だからこそ、稔がいない間も、私は稔の家に行き、稔の両親に会った。その頃にはもう、稔の家の財力でも、満足な食事はとれなかったが、雑炊やすいとんを皆で口にした。稔が無事に帰ってくれれば、私はこの家に嫁《とつ》ぎ、目の前にいる稔の両親と家族になる。けれど、もし……。そう考えはじめている自分がおそろしくなることもあった。

稔の両親は私が行くたびに、ゆっくりしていきなさい、と、何度も私にお茶をすすめた。稔の部屋で休んでいってもいいのだから、と。はい、と素直にうなずきながら、私は二階の稔の部屋を素通りし、稔とかくれんぼをした客間に向かった。あのクローゼットを開けたかった。あのときと同じ、暗く、黴臭いその場所に身を隠したかった。

どうやってこんな場所に二人で入っていたんだろうと思うほど、クローゼットのなかは狭かった。迷った末に、私はその場所に入った。扉を閉めようとしたが、膝にぶつかってしまう。私は横向きに座り、何とか苦労して扉を閉めた。薄暗がりのなかで、自分一人だけの呼吸音しか聞こえない。そのことが私をひどく寂しい気持ちにさせた。

同級生や友人のなかには、出征する恋人や婚約者と契《ちぎ》りを籠《こ》めてから、戦地に送り出した者も多かった。稔と私はそうしなかったし、そうするまでの気持ちの高ぶりもなかった。私は、稔のことが好きなのかどうかすら、よくわからなかった。稔もまた、許嫁に愛されているという確証もつかめないまま、戦地に旅だった。

同じ人間として生まれたのに、男のほうがより死に近い場所に立たされることが、ひどく理不尽なことのような気がした。そのときにふいに思い出したのは、工場までの道で私を助けてくれた医大生だった。におい、おもみ、そして、あたたかさ。その記憶を丁寧に辿《たど》るたび、鼓動が少しずつ速くなっていくような気がした。呼吸もほんの少しだけ荒くなる。自分の体の変化に気づいてはいたが、これ以上、この場所で、このクローゼットのくらやみのなかで、あの男の記憶を辿るのはあんまりなような気がした。ひどい女だわ。そう自分に言い聞かせて、私は明るい場所に出たのだった。

「真智子《まちこ》さん。ねえ、あの人、また……」

同級生の佐々木さんが私に耳打ちをした。

工場の前の電柱のそばに、あの男が立っていた。ここ何日か、その存在を目にしていたのだが、ここに通う誰かを待っているのだろうと思っていた。けれど、仕事を終えた私の後ろをあの男が歩いていることに気づいた。省線の車両のなかでも、私から離れた場所に立ち、私が降りる駅で男も下車した。けれど、自宅までの道を歩いている間に、男の姿は消えてしまう。

今日も同じように、男は私と佐々木さんの後ろをゆっくりと歩いてくる。私が振り返ると目をそらし、あらぬ方向に視線を向ける。その子供じみた様子に思わず口元がゆるんだ。省線のなかでも、姿は見えないが、男の視線を感じていた。

佐々木さんと別れたあと、駅の改札口を出たところで、後ろから力強く肩を叩《たた》かれた。

「もう貧血はだいじょうぶですか？　顔色はあんまりよくないようだけれど」

振り返り、男の顔を見上げた。男の体臭がぷん、と鼻をかすめる。白いシャツの襟元に、垢《あか》のような灰色の汚れが見え、まるでそれが生きている証《あかし》のようにも見えた。

「あの……どうして、あとを……。私のあとを……」

「あなたに惚《ほ》れたからですよ。単純な理由です」

男はきっぱりとそう言って歩き出した。

「あの、困ります」

男の背中に叫ぶように言った。

「そうは言ってもね、僕の下宿もこのあたりなんで」

男は歩き出した。男の言っていることが本当かどうかはわからない。男が向かっているのは、私の家がある方向だ。家の場所を知られたらまずいのではないか。そんな心配をしながら、男の後ろを距離をとって歩いた。万一、何かあったときは、走って逃げればいい。川のそばまで来ると、男はくるりと振り返り、川の向こうを指差して言った。茶色い板塀の向こうに、古びた平屋の家が見えた。

「僕の下宿はあそこです。覚えてください」

なぜそんなことを私に教えるのか、その図々しい態度になぜだかひどく腹が立って、ぷいと顔を横に向けた。

「あなたの家の近所で、若い男と肩を並べて歩いていたなんていう噂が立つのはまずいでしょう。僕はあなたの先に立って歩きますから。あなたは後ろを歩いてきてください」

そう言うと私の返事も聞かずに男が歩きだした。

「毎日、毎日、工場に通って。まじめなんですね。あなた」

大きな声で話す男の背中を見ていた。私と男との距離は相当離れているが、男の声はよく聞こえた。

「若い娘におしゃれもさせず男並みに働かせて、戦争に勝てるとは思わないけれど」

私と男のそばには誰もいなかったが、この会話を誰かに聞かれたら、と思うと、気が気ではなかった。決して知り合いではない、という意味をこめて、私は足を止め、さらに距離をとった。もうすぐ自分の家に続く道を曲がる。もっと距離をとって、男が前を向いているうちに、いなくなってしまおうと思った。あと、十歩、七歩、五歩、三歩。男がくるりと振り向く。

「桂木《かつらぎ》宏といいます。あなたの名前は？」

ふいに聞かれ、思わず素直に名前が口をついて出た。

「真智子です。岡崎真智子です」

目を細めて宏が微笑《ほほえ》む。まるで柴犬みたいだ、と思った。浅黒い顔に、太い眉毛、短く刈った髪の毛は濃い。あの日、あの麦畑に倒れたとき、自分の顎に刺さった、髪の毛のかたさがよみがえった。

「あのときはありがとうございました」

頭を下げる私を、宏はさっきよりももっと目を細めて見た。

「御礼をしてもらわないといけませんよね。あなたの命の恩人なのだから」

「御礼……」言いながら、眉間に皺が寄った。

「いやなに、あなたとこうして話をしたりするだけでいいんですよ。あなたが工場の仕事を終えて、駅に着く時間はだいたいわかりましたから。この何日かの調査でね。僕は改札であなたを待ってます。明日もあさっても、その次の日も……」

言いながら、踵《きびす》を返す。その背中に叫んだ。

「あの、私、許嫁がいますから……」

宏は振り返らず、何も言わず、右手を上げて、一回だけ、ひらりと振った。

その言葉通り、宏は翌日も、その翌日も、私の帰りを待っていた。同じコースを歩くのはまずいと思ったのか、私の家や宏の下宿から離れた場所を歩くこともあった。

宏は饒舌《じょうぜつ》に何かを口にすることもあれば、一言も話さない日もあった。土地勘のある場所のこと、私はいつだって、宏の背中から遠ざかることもできたはずなのに、それをしなかった。一定の距離を置いて、ただ、歩き続けた。

許嫁のいる身で大変なことをしている、という気持ちになることもあれば、もう明日は絶対にいっしょに歩かない、という気持ちにもなったし、時には、早く明日が来ればいい、と思うこともあった。

空襲警報が鳴る頻度はますます多くなった。けれど、宏の耳にはまるでそれが聞こえていないかのようだった。道行く人たちが私たちが向かう方向とは逆に、ばらばらと駆け出し、防空壕に逃げこんでも、宏はまだ道の先を歩こうとする。私はその手をつかんで、引っ張り、走り出した。寺の境内にある防空壕には、たくさんの人がひしめきあっていた。すみません、ごめんなさい、と言いながら、場所を詰めてもらい、その隅に宏と二人、並んで座った。

「近いな」

穴の奥で誰かの声がした。空気がびりびりと震える。もう聞きたくもない大きな音。そして、何かが燃えるにおい。けれど、どこか私は慣れてしまっているような気もした。非日常が日常になりつつあった。それよりも非日常なのは、隣にいる宏の存在だった。私の腕に宏の腕がぴたりとくっついている。その熱のほうが、私にとっては一大事なのだった。くらやみのなかで、宏が私の手を握った。触れあった腕よりも、手のひらはもっと熱かった。ぎゅっと力をこめて、手を握る。強い力で握られているのに、握り返す勇気はなく、自分のどこかから、急激に空気が抜けていくような、そんな気がしていた。

私と宏はいつ空襲があるかもしれない町を歩いていた。宏が私に何かを聞くことはなかった。話すことは自分のことばかりで、私はそれを黙って聞いていた。東北の生まれであること。父も祖父も医者であること。母は幼い頃に病気で死んだこと。私たちは寺に隣接する墓場のなかをやみくもに歩いていた。

「僕は自分の命が惜しいですからね。人殺しなんてしたくありません。戦争に行きたくないから、医学部に進んだんです。別に医師になりたいわけでもない。自らこの負け戦に加担するなんて馬鹿げた話です」

宏の話が、私を苛立《いらだ》たせることもあった。私は滅多に宏に話しかけたことはなかったが、そのときは考えるより先に言葉が出ていた。

「でも、あなたの代わりに戦争に行っている人がいるんじゃないですか。誰でも、行きたくて行ってるわけじゃない。行きたくなくても」途中から声が詰まった。

「私たちのために戦ってくださっているんじゃないですか」

宏が小さくため息をついて言った。

「あなたみたいな人を一人ぼっちでここに残していくなんて馬鹿げていると思いますけれどね。あなただけじゃない。世の中の男すべてが馬鹿です。女を放ってまでする意味がありますか。だいたい、戦争したがっているのは男でしょう。戦争よりも僕は恋愛のほうが大事だと思いますけれど。………真智子さんの許嫁は今、どこにいらっしゃるの?」

稔がいる南方の地名を、私は口にした。

「それは多分………、残念だが、生きて帰ってくるのは難しいでしょうね」

そう言う、宏の頰を張っていた。そんなことを誰かにしたのは生まれて初めてだった。宏がまったく痛がっていない顔をしているのも憎かった。泣きそうになっているのは、頰を張った私のほうだった。ふいに腕をつかまれたかと思うと、私の体は宏の腕のなかにあった。あのときの宏の体臭を感じていた。宏の腕は私の体をきつく抱いていた。男の力だ、と思った。私の耳は宏の胸の上にあり、聞こえてくる鼓動がちっとも速くなっていないことに、憎さが増した。急に暗くなり、宏の顔が目の前にあった。宏のくちびるが私のくちびるに触れた瞬間、顔を背けた。けれど、宏の両手が私の顔を動かないように固定した。両手で宏の胸を叩いていた。いつでも逃げ出せたはずなのに、私のくちびるは、もうどうやっても宏のくちびるから離れることはできなかった。

ゆっくりとくちびるを離して、宏は言った。

「こういうことをするのは、戦地に行った男たちのためでもあるんですよ。僕が彼らの代わりにこうしている。あなたは、僕のことを許嫁だと思えばいい」

そう言って私の体をきつく抱いた。何を馬鹿げたことを、と思いながら、私は宏のぬくもりのなかで、宏のにおいを肺の奥深くまで吸い込んだのだった。

「あなたはいつか僕の下宿にやってくるでしょうね」

宏のくすくすと笑う声が頭の上から聞こえてきたが、私はもうどうやっても顔を上げることができなくなっていた。

その頃にはもう、東京の空にはロケット弾や小型爆弾を落とす爆撃機だけでなく、低く飛んで地上にいる私たちを機銃掃射で狙う航空機も現れるようになっていた。

工場近くで、同級生の数人が、機銃掃射で足や腕を撃ち抜かれた。自分と同じ年齢の、若い女の肉が裂け、赤黒い血が流れた。一人は、背中の真ん中に弾が当たり、そこからまるで噴水のように血があふれ、そのまま助からなかった。そうなるのが自分かもしれなかった。一回は運良く逃れられても、次が自分でない、という保証はどこにもなかった。

明日、死ぬかもしれない。その思いは、明るく、まっとうな道を生きていこうとする人の心を少しずつゆがめてしまう。知らぬ間に摂取し、ゆっくりと体中をめぐる毒のようなものだ。死んでしまうのなら、何をしたっていいじゃないか。小さな黒い炎が自分のどこかに生まれたような気がした。

宏と私は相変わらず、少しずつ消失し、瓦礫《がれき》になっていく町のなかを歩いていた。以前のように、宏も多くを語らない。私も何も話さず、宏の背中についていくことが多かった。長い散歩の終わりには、人気《ひとけ》のない場所を見つけ、私を呼び、そこでくちづけをかわした。稔とはしたことのない激しいくちづけに、私は少しずつ慣れていった。宏の指は私の背中をさまよっていた。そのとき、ふいに思い出したのは、機銃で死んだ同級生のことだった。背中に開いた穴から噴きだした血。あの同級生は、くちづけをしたことがあっただろうか。いつか、宏は、戦争に行った男たちの代わりに、ということを言ったが、私もまた、背中を撃ち抜かれて死んだ彼女の代わりに、くちづけをかわしているのかもしれなかった。

年明けすぐ、ある日の夕方、いつものように宏と歩いていると、空襲警報が鳴った。空の端に姿を現した爆撃機は、すぐにこちらに近づいてきた。川向こうの一帯に集中的に爆弾を落とし、反対側の空に飛び去っていった。あのあたり、私の家のあるあたり。いきなり走り出して足がもつれたが、それでも走った。たくさんの人が口々に何かを叫びながら、こちらに走ってくる。それに向かうように、人をかきわけ、進んだ。家に近づくにつれ、遠くのほうで赤い炎がまるで生きもののように、家々の上を気がした。黒い板塀の向こう、父と母と妹が、バケツで、屋根や家に水をかけていた。

「そんなことしたって無駄なのに。このあたりは戦争が終わるまでに全部燃えます」

いつから私の後ろにいたのか、宏がひとりごちていた。

斜めがけにした布の鞄《かばん》を放り投げ、私も家族のバケツリレーに加わった。炎はもうすぐ近くまで来ていた。かけた水が、瞬く間に白い湯気になる。父はバケツを手にしたまま、家や屋根に火がついていないかを確認した。

「こっちだ！」

皆で父の声のするほうに駆け寄ると、家の裏手、風呂場の窓の庇《ひさし》に火の粉が躍っている。父に水を渡すため、私たちは必死にバケツで水を汲《く》んだ。けれど、高齢の父が力つきたように座りこんだのは、それからすぐのことで、気がつくと、宏が父の場所に立ち、消火してもすぐに復活する火に、何度も水をかけていた。父よりも大量の水を勢いよく。

座りこんだ父も、バケツリレーに再び加わった。火は、もうすぐ近くまで来ていた。舞い散る火の粉が顔にあたる。熱気が体を包んだ。どれくらい時間が経ったのだろう。それでも、家を焼かずに済んだ。皆、肩で息をして、庭のあちらこちらに座り込み、疲労であらぬ方向を見つめていた。私は、残った水を手のひらにすくい、ごくごくとのんだ。

「生水はおなかを壊すから」と、母がとがめるのも聞かず、妹も私と同じように水をのんだ。末期《まつご》の水とはこんなふうにおいしいものだろうかと思いながら、かすかな甘みすらするその水を私はのみ続けた。私たちがそうしているうちに、宏はいつの間にか、いなくなっていた。

「ずいぶん、親切な学生さんだったわねぇ」

と言う母のぼんやりとした声を聞きながら、皆に御礼を言われる前に姿を消すのは、いかにも宏らしい、と考えている自分がいた。顔を上げると、母の割烹着《かっぽうぎ》には火の粉であちこちに焼け焦げの穴が開いていた。

稔の家族は、父親の実家がある長野に疎開することになった。稔の家族が東京を離れてから、一度だけ、稔の家を見に行ったことがある。窓ガラスには細く切った和紙が×に貼られていた。稔の家もまだ焼かれてはいなかったが、隣の家も、その隣の家も、見るも無惨な廃墟になっていた。この家が焼かれるのも時間の問題のような気がした。稔と二人で隠れたあの部屋も、クローゼットも、いつか炎に包まれる。そのことを考えると、なぜだか、自分の体の半分も、この世から消えてしまうような気がした。自分の体の実体、のようなものをつかみそこねていた。もし明日、自分が燃えて、吹き飛ばされるとして、なにをいちばん、やり残したと思うだろう。考えるふりをしていたって、私にはわかっていた。宏が私の家に水をかけてくれたときから、そんなことなどわかっていたのだ。

三月には、東京が業火に焼かれた。たくさんの人が死んだ。それでも、私はまだ生きていた。道の端には、黒炭のようになったヒトのカタチをしたものが転がっていた。そうなる前にしておかなければならないことがあった。

「やっと御礼に来てくれたんですね」

宏の下宿を訪ねた私は、瞬く間に抱きすくめられた。

「あなたの命と、あなたの家を助けたのだから」

むっとする宏の体臭を嗅《か》ぐと、めまいがするような気がした。くちづけをしただけで、体の力は抜け、くずおれそうになる私を宏が強い力で腕のなかに抱きとめていた。宏の体は火の玉を内包したように熱い。腕も、指も、舌も熱かった。くちびるのカタチの熱が、私の耳や首筋や、鎖骨や、腕の内側を移動していく。宏の頭をかき抱いていた。針金のような頭髪が、私の皮膚に刺さるような気がした。宏は、立ったままの私の服を一枚ずつ脱がせていった。洗濯をくり返して黄ばんだ下着を見られるのは恥ずかしかった。

学徒兵壮行会の前の晩、白い細い腕で、稔は服の上からゴムまりのように揉んだ。

今、その胸を、浅黒く、指先に行くほど太くなる宏の指が、わしづかみにしていた。宏の指の間から、自分のかたくなった乳頭が飛び出しているのを見たとき、自分の耳がかっと、熱くなるのがわかった。その乳頭の先を、宏は舌先で舐《な》めた。立っていられずに、私は畳の上に膝をついた。

宏は私の体を横たえ、その上にのしかかってくる。最初に会ったあの日のように。においい、おもみ、あたたかさ。宏の体には実体があった。生きている人間が、私の上にいた。熱い舌は乳房の谷間を通り、へそまで辿った。太腿《ふともも》を抱え、脚は左右に大きく開かれる。その中心を宏は凝視した。くちびるが触れ、舌がその溝を撫でる。幾度となく往復するそのリズムに身を任せていると、自分のなかから何かが湧いてくるような気がした。くぐもった声が漏れてしまう。我慢をしても無駄だった。

「ほんとうにいいんですね。あなた、許嫁がいるのに。あなたがこんなことをしているのを知ったら、どんな気持ちになるでしょうね。戦地で」

その言葉になぜだか急に下っ腹が重く、だるくなった。

「悪い女だ」

そう言い終わらないうちに、私の体の中心に一気に宏が入って来た。あまりの痛みに体が弓のように仰《の》け反《ぞ》る。けれど、宏は手加減などしなかった。宏が体を動かすたびに、痛みで体がよじれる。けれど、その向こうに、痛みが快楽に反転する小さな点が、かすかに見えてくるような気がした。降ってくる宏の汗をあびながら、私はそれを見つけるために、何度でもこの部屋に通うだろう、という確信があった。

工場には通わなくなった。近くの飛行機工場が幾度となく、爆撃を受けていたから、そこに通うことは自ら命を落とす行為でもあった。父も母も、もう何も言わなくなった。お国のため、よりも、死ぬときは家族みんなで、を選んだのかもしれなかった。

同級生が病気で伏せっていて、と嘘をついて、私はたびたび宏の部屋を訪れた。満足に食べられない生活がもう何年も続いていた。不思議なものだが、そういう生活が続くと、性欲だけが昂進《こうしん》するような気がした。体の奥深くに、ぽっ、と灯《とも》った赤黒い火は、瞬く間に全身を焼こうとしていた。痛みはすぐに快楽に変わった。自分が考えている以上に早かった。宏が望むカタチ、角度、私はどんなことにも応えた。

「真智子はみだらで淫乱な女だ。自分から腰を動かすなんて」

貶《おとし》められると、さらに快楽は増した。

ある日、後ろから入れられたときの角度が、快楽の新しい扉を開いた。そのままの状態で、宏は股の間の突起をいじり、乳頭を強くつまんだ。その瞬間に空襲警報が鳴った。けれど、私たちは体を離さなかった。私の奥にすっぽり納まったままの宏はもっとかたくなり、腰を動かすスピードは速くなった。

「もっと奥に、真智子の奥に」

そう言いながら、自分のなかがきゅっと締まる。爆弾の落ちる衝撃と音。その下で多分、誰かが死んでいる。口のなかに、宏の親指が入ってきた。それを舌でなぶり、吸った。びくびくと自分のなかが震え、宏の放ったものが、どこかに当たる感じがした。

「死んでもいぃ……」

嘘偽りないほんとうだった。窓の外、高い空の上を爆撃機の群れが飛んでいく。ここに爆弾が落ちれば、私たちはただの黒焦げのかたまりになる。皮膚も肉も燃えて、死んでいく世界でどろどろに宏と溶け合って、二人はひとつだった。稔のことなど、もうあまり思い出すこともなかった。

宏の部屋は、布団を敷いてある場所以外には、本がうずたかく積まれていた。宏に腕枕をされながらふと見ると、ある本の間から、一枚の紙が飛び出している。指でつまみ、手に取った。宏一人だけが写っている写真だった。宏は私の後ろで静かな寝息をたてている。迷ったものの、私はその写真を、枕元にある手提げのなかに隠した。

ある日、宏の下宿の戸を強く叩く音がした。無視してしまおう。そう宏と目配せをして、声を出さないまま私たちはつながっていた。けれど、戸を叩く音はやまず、次第に強くなっていくようだった。仕方なく、慌てて下着だけを着けた宏が立ち上がり、戸を開いた。部屋に踏み込んできたのは、母だった。草履《ぞうり》のまま畳にあがり、裸の私の頬を何度も力いっぱいに叩いた。髪の毛をつかみ、畳の上をひきずりまわした。母は一言もしゃべらなかった。私と母を、宏はただ突っ立って見ていた。

その日から、家の外に出ることを禁じられた。

配給の列にも、母と妹だけが並んだ。家事をすることすら禁じられた。空襲警報が鳴り、庭に掘った防空壕に隠れるときも、逃げ出さないように、私の両腕を父と母がしっかりつかんでいた。宏に会えないのなら、この家に爆弾が落ちてはくれないだろうか、と、それだけを考えていた。空襲の合間、母に連れられて行ったのは、どう考えても闇医者のような老医師がいる病院だった。脚を大きく開くことには、もう慣れていた。診察されている間も恥ずかしくはなかった。

「お母さん、月経がないのだから、妊娠するわけはない。長い間、栄養が足りていないこの子の体にはそんな力もない。もちろん、性病でもありません」

老医師はただそれだけを言い、白い洗面器に満たした消毒液で手を洗った。母は診察室のドアの前に立ったまま、ただ黙って医師の話を聞いていた。

戦争はいつまでも終わらないのに、春が過ぎて、梅雨が来て、そして夏が来た。

もう私の家のまわりのほとんどが、焼かれ、瓦礫になっていた。白昼にも、真夜中にも続く空襲に誰もが、疲れ果てていた。夕食とも呼べないような、野菜のかけらが浮かぶ汁をとったあと、父も母も居間の卓袱台《ちゃぶだい》のまわりで、体を横たえ、昨夜、空襲で中断した睡眠を補っていた。

父と母の監視にほころびができた一瞬、私は、家の外に駆けだしていた。絶叫に近いような母の声が背中で聞こえ、すぐに遠くなっていく。空襲警報は鳴らなかったのに、すぐ近くに爆弾が落ち、めらめらと炎が伸びた。そのそばをすり抜けるように走った。火の粉が防空頭巾に降りかかり、布が焦げるにおいがする。その頭巾を脱ぎ、道の端に捨てた。燃えている夜の町を私は駆けていた。

川向こうは、私が家に閉じ込められている間に、その景色を大きく変えていた。暗くてもわかった。並んでいた家々は、すべて焼かれ、瓦礫になっていた。宏の下宿があったあたりも同じようだった。いったい宏はどこに行ったのか。へなへなと力が抜け、座りこむ私の右腕をつかむ人がいた。母だった。

「忘れなさい。あの人はもういないの。会ったことも忘れなさい。頭のなかからすべて消してしまうのよ」

自分の口から叫び声ともつかぬような音が漏れた。警報のサイレンと同じような、神経に障《さわ》る音だ。このまま狂ってしまえば、どんなにかいいだろう。またひとつ、ここからすぐ近くの場所に爆弾が落ち、炎が上がった。少しずつでなく、もういっぺんに燃やしてくれればいいのに。

二日後、そして、五日後には、遠く離れた二つの町で、たくさんの人が新型爆弾によって一瞬で消えた。

ぷつぷつと途切れるような雑音だらけのラジオ放送を聞いた。

父は頭《こうべ》を垂れ、母は静かに涙を流していた。妹は私を見て舌を出し、おどけた顔をした。その顔にかすかに笑いかえすくらいの力が自分のなかにあることに驚いていた。妹と二人、戦争の終わった町を歩いた。子供の頃のように手をつないで。空は真夏の青で、今まで空襲警報や爆撃機の音にかき消されていた蟬の声がはっきりと聞こえた。

川の向こう、宏の下宿があるあたりに目をやった。けれど、この前見たときと同じ、瓦礫の山があるだけだった。

「あっけないね。お姉ちゃん」

妹がぽつりと言った。

「そうね……」

「でも、戦争が終わってうれしいな」

子供の頃と変わらない声で妹が言った。どこかの木から飛び立った一匹の蟬が、尿をまき散らしながら、蛇行するように私たちの目の前を飛んでいった。今にも力つきて、地面に落ちそうだったが、また、持ち直し、高い空を目指そうとする。

あの死にかけた蟬と私たちと、いったいどこに違いがあるというのだろう。

もう帰ってこないだろう、と誰もが考えていた稔は、戦争が終わって一年半後に復員し、東京に戻ってきた。顔も体も肉よりも骨が目立つくらいに痩《や》せ細っていた。

「戻ってきました。あなたに会うために」

私の前に立った稔はそう言い、目を赤くした。ぼろぼろの軍服のまま、玄関先で稔は私を抱きしめた。壮行会の前の晩には感じなかった、獣じみた男のにおいがした。

私が逃げ出さないように、気が変わらないように、という父と母の判断なのか、祝《しゅう》言《げん》は慌ただしく行われた。

初夜の布団のうえで、稔は私を抱いた。無我夢中で動く稔はあっという間に果て、私の体の変化など知る由《よし》もなかった。私にも、体の喜びはなかった。

戦地で起こったこと、体験したことを、稔は一言も話さなかった。

この人に人殺しなどできるのだろうか、と出征前に感じていた稔はもうどこにもいなかった。稔は自分が見た地獄を、絶対に自分の外に漏らさないようにしているように見えた。眠っている間には、ひどい汗をかき、歯ぎしりをし、意味のわからない言葉をつぶやき続けた。けれど、時折、その合間に、はっきりとした言葉が混じる。

裏切りもの。殺してしまえ。

それは誰に向けられた言葉だったのか。

稔は貿易会社を興《おこ》し、社長として、東南アジアの各都市を飛び回った。私以外に、女がいた。日本にも、外国にも、何人も。そんなことに、見て見ぬふりをして、私は家庭を守り、二人の子を産み、育てた。私の体にも世の中にも、余るほどの栄養が満ち、めぐっていたのだ。

酒をのみながら稔に暴言を吐かれた日、若い女が稔の子供をみごもったと突然家にやってきた日、手帳のなかに挟んだ一枚の写真を見た。指は何度も宏のカタチを辿り、その顔を見て泣いた。何度も写真に触れすぎて、紙が薄くなるほどだった。

子育てが落ち着いた頃、探偵事務所に頼んで、宏の所在をつきとめてもらおうと考えたこともあったが、散々迷って、やめた。なぜ、宏がまだ生きていると思ったのか。この写真の、この面影と、私の頭のなかの記憶だけがあればよかった。あの日々のことだけは、自分が年老いても、ぜったいに死ぬまで忘れるものかと、生きてきた。あの記憶を栄養にして、日々を滑らかにして、自分のどこかを沈静化させて、そうやって、私は今まで生きてきたのよ。

目がよく見えない今だって、目をつぶれば、宏の面影が浮かぶわ。

十年前に亡くなった稔のことだって、もうすっかり忘れてしまったのにね。

宏と体を交わした日々を燃料にして、私は生きてきたの。こんな死に損ないのおばあさんなのに、宏のことを思い出すと、自分の体の奥深くに、ぽっ、と灯《あか》りが灯るような気がするわ。そんなことを知ったら、皆は、気持ちが悪いと言うのでしょうね。でも、愛し愛された記憶はいつまでも残るの。

目の前にいる香奈がパソコンの画面を見ながら、にやにやと笑っているわ。いったいなにがおもしろいのかしら。そこに、実体のある生身の男はいないのに。この子は、体の喜びすら、知らずに老いていくのね。この子、なんだか、あわれよね。あのとき、私は、確かに激しく求められたのだもの。こんなにしわくちゃだけれど、女としては、私、この子に勝っていると思うわ。

戦争が始まれば、この子も身を焦がすような恋をするのかしら。

猫と春

アルバイトを終えて深夜の環八沿いを歩く。

自分の前にも後ろにも人は歩いていない。時折、マラソン途中の給水所のようなタイミングでコンビニエンスストアの白くて強い光が目に飛び込んでくるが、店のなかを覗《のぞ》いても人がいることはほとんどない。僕の横をたくさんの車が流れるように走っていく。それを人が運転しているような気がしない。だから余計に、車の流れが川の流れのように感じられる。

井ノ頭通りとクロスするあたりにパン工場が見えてくる。規則正しく並んだ四角い窓から放たれる工場の明かり。近づいても工場のなかで機械が動いているような音はしない。それでも確かに工場のなかでは誰かが働いていて、クリームパンやチョコロネやサンドイッチをこしらえているのだろうけれど、外から窺《うかが》う限りでは、やはりそこには人の気配というものがない。

つまり、今のこの時間帯、僕以外に人の気配がない。それでも僕は自分が住むアパートを目指して一人、歩いている。昨日、テレビのニュースで桜前線という言葉を聞いた。いつの間に季節はそんなところまで進んでいたのか。夜明け前は確かに気温が低いが、少し前にはあった足元からしのび上がってくるような鋭い寒さというのは、もうすっかり消えかかっていた。吐く息が白い、ということもない。薄手のマウンテンパーカー一枚で十分だった。ふと、喉《のど》の渇《かわ》きを覚えた。自販機で何か買おうかどうか迷う。コーヒーの下には、つめた〜い、とあたたか〜いの表記の両方があって、その混在の仕方が、いかにも春の夜らしかった。

デニムの後ろポケットに手を突っ込み、そこに入れたままになっていた小銭をつかんだ。手のひらに広げた小銭のなかから百円玉一枚と十円玉二枚をつまもうとしたところで、救急車の大きなサイレンの音が近づいてきた。何事か、と振り向いた瞬間、数枚の小銭が道に落ちる。自販機の照明に照らされながら、僕はそこにしゃがみ、小銭を拾う。そのうちの何枚かは転がり、自販機の下に隠れてしまった。身を屈《かが》めて腕を伸ばす。何枚かは拾えたが、何枚かはもっと奥のほうに行ってしまったようだ。入れられるところまで腕を伸ばしてみて、手のひらでその下を撫《な》でてみたが、妙に湿ったコンクリートのざらりとした感じだけが伝わってくる。そのとき、顔に何かが触れた。毛の、かたまりのようなもの。それが動物のしっぽだ、と気がつくまでに時間がかかった。そのしっぽが自分の顔を撫でている。狸《たぬき》か、と一瞬思ったほど、目の前の猫は太っていた。虎みたいな模様の雉猫《きじ》だった。自販機の白い明かりが、しゃがみこんだ僕と、僕を見つめる太った猫を照らしている。猫は僕の顔を見て、にゃっ、と一度鳴いた。

僕はそれを無視して立ち上がり、あたたかいコーヒーを買った。最初は熱くて一口、一口、少しずつ飲んだが、あっという間に冷めてしまったので、その場で一気に飲み干し、缶をゴミ箱に捨て、再び歩きだした。僕のうしろで鈴の音がする。振り返ると猫がついてくる。おいおい、勘弁してくれよ、と思いながら足は自然に早歩きになった。鈴つきの首輪、ということはどこかの飼い猫じゃないか。猫が歩くたび鈴が鳴る。僕が小走りになると、猫も走って僕のあとを追いかけてくる。線路沿いにあるアパートまで、猫はついてきた。アパートのエントランスで、僕は猫に向かい、しっ、しっ、と大きな声で言い、手であっちに行くようにと、エントランスの外を指さした。猫は黙ったまま、僕の顔を見ている。なんで冷たくする？　とでも言いたそうな顔だ。僕は無視して、階段を一気に三階まで上がり、廊下の突き当たりにある自分の部屋まで走った。ちりん、ちりん、と鈴の鳴る音がする。ふりむいたら、たぶん負けだろう、という気がした。僕はドアを体の幅の分だけ細く開けて、そこからするり、と部屋の中に入った。

元旦、だろうか。僕は神社にいる。初詣。鈴を鳴らす。僕はいつまでも鈴のひもを引いている。じゃらん、じゃらん、と鳴らし続けている。うるさい、と思いながらも、僕は鈴を鳴らす手を止めることができない。どこかでこれが夢だとわかっているのは、もう眠りからほとんど覚めているからだ。ざらり、とした舌の感触が頰《ほお》にした。何かが僕の顔をしきりに舐《な》めている。ぱたぱたと床の上をスリッパで歩く音がする。菫《すみれ》が帰ってきたらしい。けれど、なぜ猫が。布団に入ったまま横を向くと、リビングのソファにマグカップを手にした菫が座っているのが見えた。そして、僕の顔を舐める猫。こそばゆい、ひゃ、ひゃめて、と嫌がる僕を菫が笑って見ている。菫が僕の布団に近づいてきて言う。

「拾ってしまった」

「まさか」僕は猫に顔を舐められながら言った。

「だって、まるで家に入れてくれと言うように、ドアの前にずっと」

「僕のあとをついてきたんだ。自販機の前から」

「ストーカー猫だ」

「でも、首輪がついているということはどこかの飼い猫、ってことだよね。だからこの部屋で飼うわけにはいかない」

「なら、今日だけでも泊めてくれませんか」

菫は猫の両手を持ち、それを重ね合わせる。まるでお願いするように。

「このアパート動物禁止だし」

「飼うわけではない。チラシを作って飼い主を探す。そのチラシは私が作る。猫は飼い主が見つかるまで一時預かりということで」

「え――――」と思い切り語尾を伸ばして抵抗したものの、菫の返事は返ってこなかった。しばらくすると、洗面所で水を使う音と、歯を磨く音が聞こえてきた。猫は菫にくっついて行ったのか、もう僕の顔を舐めていない。Tシャツ一枚になった菫がミントの香りをさせながら、布団のなかに入ってきた。

「今、ミルクをあげたから。目が覚めたら、えさなどを買いに行こう」

背中から菫が抱きついてきた。菫の腕が僕の脇の下を通って僕の体の前で両手が結ばれ、菫の左右の太腿《ふともも》が僕の腿を挟む。小さくても弾力のある胸のふくらみを背中に感じながら、猫はどこにいるのだろうと僕は思った。しばらくの間、菫がやったであろう水をのむ音が聞こえていた。その音が僕を再び眠りの世界へ誘《いざな》った。布団に入れば数秒で眠ってしまう菫の湿った息を背中に感じる。そろり、そろり、忍び足で猫は布団に近づき、足元のあたりを寝床に決めたようだった。そこにあたたかな重みを感じた。菫に巻き付かれ、ストーカーのように僕の後ろを追ってきた猫に乗っかられ、僕は再び、深く、深く、眠った。

「菫」

　翌朝、目を覚ました僕がそう呼んでも返事はなかった。眼鏡をかけていないから僕の世界はぼんやりとしたままだが、布団の上で起き上がり、目を細めてみても、菫の姿はなかった。腕を伸ばし、枕元に置いた眼鏡ケースから眼鏡を取り出しかけた。

「猫」

そう呼ぶと、予想以上に近くから、にゃっ、と声がした。何か用があるのか？　というように、猫は僕に近づいて、腕に体をこすりつける。確かに人に馴《な》れている猫だ。迷い猫なのか、捨てられたのか。迷い猫だとしたら、飼い主は今頃、ずいぶん心配しているのではないか。立ち上がり、トイレに向かうと猫もついてくる。ドアを開けたままにして、便座に腰を下ろし、僕は長い時間をかけて小便をした。そんな僕の真正面に座り、猫は僕をじっと見ている。小便をする人間を見て猫は何を考えるのか？　そもそも猫にとって何かを考える、ということはあるのだろうか。ひとつのテーマを時間をかけて思考するということが。瞬間的に、快、不快を感じているだけなんじゃないだろうか。ふいに玄関ドアが開く音がした。ててて、と、猫はドアのほうへ歩いていく。僕もトイレを出る。

「えさや、トイレやトイレ砂などをね」

菫が近くのホームセンターの名前が入った大きな白いビニール袋を提げて玄関に立っていた。

「ぐっすり眠ってしまっていたから悪かったね。重かっただろ？」

「いやいや、大丈夫」

「すまん、すまん」そう言いながら、僕は洗面所に向かった。顔を洗い、歯を磨く。Ｔシャツを脱いで丸め、洗濯機に放り込む前ににおいを嗅《か》いだ。それが僕の癖なのだ。相変わらず、僕の脱いだシャツは臭い。そのことになぜだかほっとする。

　洗濯機を回すのは三日に一回なので今日は洗濯をしない。僕はパンツだけを穿《は》いたまま、寝室に行き、チェストからＴシャツとシャツ、デニムを出し、それを身につけた。それからキッチンに行き、朝食とも昼食とも呼べないバイト前の食事を作り始める。洗濯をしない日は僕が食事を作ることになっている。とはいえ、料理と呼べるほどのものではない。昨日、菫が作ったごはんの残りに、味噌《みそ》汁《しる》、焼き魚などを加えるくらいのものだ。僕は大根とわかめを入れた熱いだし汁に味噌を溶かし、グリルでうるめいわしの丸干しを焼いた。魚を焼いたら猫が興奮するだろうか、と思ったが、猫はそしらぬ顔だ。猫用トイレを組み立てている菫のそばを離れない。菫は玄関上がってすぐの角を猫のトイレ場所に決めたようだ。トイレ用の砂をさらさらと入れる音が聞こえる。

「なにか適当な器はあるかな」

食器棚を開けて、菫が中を覗く。

「これは使っていないからいいかな」

グラノーラのシールを集めるともらえるウサギの絵がついた皿を手にして菫が言った。菫はその皿をもらうためにずいぶんと苦労をしていたような印象があるが、菫がいいかなと言うのならいいか。僕は焼いたうるめいわしを載せた皿をテーブルに置いた。テーブルから、それほど遠くない壁際に、菫はウサギの皿を置き、そこに猫用のえさを入れた。茶色い乾いた丸いえさだった。猫のえさと言えば、缶詰だとばかり思っていた僕は、その無味乾燥な丸い粒を見て、ほんの少しがっかりした。おなかが空いていたのか、猫はすぐにえさを食べ始める。かりっ、かりっ、という小気味のいい音がして、猫は顔を歪《ゆが》めながら、顎《あご》を動かす。歯をしっかり使って何かを食べているいきものがこの部屋にいることが不思議な気がした。

えさを食べ始めた猫を見て安心し、菫と僕も食事を始めた。

「猫、うまいか」

菫が問いかけても猫は食事に夢中だ。

「何か名前を考えたほうがいいんじゃないか?」

僕がそう言うと、菫は立ち上がり、猫がしている首輪を丹念に調べ始めた。

「名前はどこにも記されていない」

「仮にでもいいから、つけたら。ここにいる間は」

「便宜上ね」

「そう便宜上」

　菫はうるめいわしを指さして言った。

「うるめ、というのはどうだろう。正確にはうるめ（仮）だが」

「いいね。うるめ」

　僕はかりっ、かりっ、とえささを咀嚼《そしゃく》する猫に向かって言った。

「うるめ！」

　猫は顔を上げようとすらしない。

「猫！」

　そう呼ぶと、にゃっ、とかすれたような声で返事をする。つけられていた名前に音が近いのだろうか。けれど、人を人間！　と呼ぶことに抵抗があるように、猫を猫！と呼ぶことにも抵抗があった。

「ここでは、君はうるめ、だよ」

　猫のそばにしゃがんでまるで説得するように菫が言うと、再び、うるめは、にゃっ、とかすれた声で返事をした。

夕方からの仕事が始まるまでの数時間、僕と菫は部屋のなかで思い思いに過ごした。本を読んだり、レコードを聴いたり、コーヒーを飲んだり。僕と菫が暮らし始めて三年近い年月が経《た》とうとしている。僕と菫は同い年で、同じ大学の同じ学部に通う同級生だった。そして二人とも、同じように就職活動に失敗した。僕と菫は世間で誰もが知っているような、名前のある会社の正社員にはなれなかった。就職活動がうまくいかない愚痴《ぐち》を、安い居酒屋で言い合ううちに、つきあうようになった。

二人とも、もう絶望的に就職ができないとわかったとき、僕と菫は一緒に暮らし始めた。もちろん、僕は菫のことが好きだったし、菫も僕のことを好きだと言った。けれど、一瞬も離れていたくないほど愛しているからという理由ではない。二人で住めば家賃も光熱費も一人で住むより多少は安くなる。一人でいたら気持ちも落ち込み、めげていくだけだが、二人ならなんとかなるかもしれない。それくらいの気持ちで始まった共同生活（世間的に言えば同棲《どうせい》と言うのだろうが）だった。

二人とも、生まれたのは東京以外の場所で、二人とも、大学時代はそれでもわずかな仕送りがあったが、大学を出てからそれは打ち切られた。菫は両親から、実家に戻り、実家の近くで就職するようにと再三言われていたが、それをかたくなに拒んでいた。僕は三人兄弟、男ばかりの末っ子で、高齢の両親は僕にそれほど興味がないようだった。大学まで出したのだからあとは自分でなんとかしろ、と面と向かって言われたことはないが、確かにそういう気持ちなのだろう。両親のそばには長男夫婦が住んでいたし、商社勤務の次男は仕事でバンコクにいた。三男である僕は犯罪などを起こさずに生きていればそれでよし、と思われている節があった。

二人でいくつかのバイトを転々としたのち、菫は深夜まで営業しているカフェを併設した書店に、僕は宅配便の仕分けのバイトに落ち着いた。菫も僕も、文字や本にかかわる仕事がしたいと思っていたが、僕の仕事はもちろん、菫の今の仕事も書店勤務とはいっても、カフェの店長代理のようなもので、本来、やりたいと思っていた仕事からはかなりの距離があった。それが不満だ、と菫は言ったことはないが、時々、午後の遅い時間になると、ソファに横になったまま、仕事行きたくないな、とつぶやくことがあった。僕は、実際のところ、仕事はなんでもよかった。自分がほんとうにやりたいことすら何なのかもよくわからない。それで妙にあせったり、自分を責めたりする気持ちにもならなかった。とりあえず、菫と折半にしている家賃と生活費が来月まで払えれば何も問題はなかろう。それが僕の本音だった。

仕事から帰ってくると二人とも疲れ果てて何もできずに眠ってしまう。仕事に出かける前、ほんの短い時間が一日の中で唯一の自由時間と言ってもよかった。僕と菫は仕事に出かける前、余裕さえあれば川までよく散歩した。菫と横に並んで歩き、話をすることが僕は好きだった。話していることはとりとめのないことだ。菫の店に来る変な客のこと、僕の仕事場にいる意地悪な先輩のこと。将来の夢や希望の話ではない。自分の身の回り三メートル以内くらいの小さなことを二人で話した。

けれど、今日から、うるめがいる。僕らの生活に昨夜から加わった一匹。

菫はさっき行ったホームセンターで買ったのか、釣り竿の先に毛糸のふわふわがついたおもちゃを取り出した。それがなんであるか、うるめはもうわかっているようだった。池の水面に釣り糸を垂らすように、毛糸のふわふわを、うるめの前で揺らすと、うるめは前足でそれをつかまえようとする。口を開け、歯を立てる。

「釣れた釣れた。うるめが釣れた」

菫はそう言って喜んでいる。そんな菫の声を聞いたのは、なんだかとてもひさしぶりのような気がした。うるめは興奮して二本足で立ち上がろうとして、まるで踊りを踊っているようでもある。菫はそんなうるめを見て、ひゃひゃひゃひゃ、と声を上げて笑った。

「菫は猫を飼ったことがないの?」

「ないよ。動物はまるでだめだった。母が厳しくて」

笑いすぎて目に涙をためて菫は言った。

実のところ、猫を飼うことが僕は初めてではない。猫どころか犬もいた。けれど、僕の都会のような飼い方ではない。犬は鎖につながれて、犬小屋で寝起きしていて、家族の残り物のようなものを食べていた。猫は外へも出入り自由だった。外に出かけたまま帰ってこなくなった猫もいた。猫は自分の死骸を見せないというが、僕も自分の家で飼っていた猫たちの死をみとったことはない。いつの間にか老猫はいなくなり、どこからかやってきた新しい猫が家の中をのさばっていた。だから、大学に入るために東京に来て、たいそう驚いたことのひとつでもあったのだ。東京の猫は外に出ない、ということが。

「けれど、こいつは迷い猫だ。飼い主は今頃こいつを捜しているはず。ここに馴れすぎるのもよくないな」

その一言が菫の笑いを止めた。言いながら僕はいじわるだ、と思った。もしかしたら、菫に甘えるうるめに嫉妬《しっと》しているのかもしれなかった。いずれにしろ、うるめは僕らの猫ではない。こんなに喜んでいる菫を見たからこそ、最初に釘を刺しておいたほうがいい、と思ったのかもしれなかった。

「シャワーに入る」

菫はおもちゃを放り投げ、浴室に歩いていく。歩きながら、服を脱ぎ、最後には下着だけになり、それを脱いで洗濯機に放り投げると、浴室の二つ折りのドアを押し開いた。すぐに水音が聞こえてきた。うるめは床の上に置かれたおもちゃ、その毛糸のふわふわの部分を噛《か》んで、一人で、いや、一匹で遊んでいる。

「おまえはどこから来たんだ？」

僕がそう聞いても、うるめは、にゃあとも言わない。まるで僕を無視するように、毛糸のふわふわをまた歯でがしがしと噛んでいる。


菫と僕は休みが合うことがほとんどない。

僕がまだビデオ屋で働いていた頃は、菫と同じ木曜日に休むことができた。今は僕が火曜日、菫は木曜日休み。週に二日休むことができるのは、二人ともせいぜい月に二回で、それでも僕らはなんとか同じ曜日に休みがとれるようにしていた。菫より僕のほうがそうしたことについてこだわっていた。そうしなければ、菫と僕は、ほんとうにただの同居人になってしまう。なんとなくそれは嫌なのだった。明日が二人とも休みという前の日には僕と菫はセックスをした。二人でたくさんお酒をのんで、深く酔って自分をなくさなければそれは二人にできないことだった。同棲しているカップルが月に二度セックスをすることが多いのか少ないのか、僕にはわからない。それ以外の日に僕らはセックスをしたことがないし、セックスを始めるのはいつも僕からで菫からそれを始めたことはない。セックスする日に菫の生理がぶつかれば、それは次の休日に持ち越された。つまり月に二度、もしくは一度、菫と僕は抱き合った。

うるめが僕と菫の生活に入り込んで、まず心配したことはそれだった。

僕と菫の暮らす部屋は、寝室にしている和室六畳と、ダイニング兼リビングの八畳ほどの洋室、それに浴室、トイレ、キッチン。一時的に猫と暮らすとはいえ、部屋に閉じ込めてうるめを飼う以上、どの場所にも、うるめの気配が宿るだろう、という気がした。僕らが抱き合っている間、うるめはどこにいるのだろう？　部屋の隅でじっと見つめられているというのも嫌だ。

明日は二人とも休みの日だった。うるめが来て、一週間がすでに経っていた。

僕が仕事から帰ると、菫はパソコンを使って、迷い猫、と大きく書かれたチラシを作っていた。チラシの下半分には、菫が撮ったうるめの写真がふたつ横に並べられている。うるめの特徴をなるべく多く記したほうがいいと思ったのか、菫はうるめの体重も記した。うるめを抱いて体重計に乗り、次に菫一人だけが体重計に乗る。その差がうるめの体重というわけだ。うるめは、菫の足元にあるクッションの上で体を丸めていた。まるでずっと昔からそうしているみたいに。猫は、元いた家や飼い主のことを、懐かしがったり、恋しくなったりはしないのだろうか。今、えさがもらえて、温かい寝床があればそれでいいのか。そういうところがいかにも動物だ、と僕は思った。

「これを明日、貼ってもらえるところに配りに行く」

プリンターから出てきたA4サイズのチラシを見て、菫は満足そうに笑った。菫がチラシを作っている間、僕は夕食の準備をした。菫の好きな白のビオワインも冷やしてある。圧力鍋で豚の角煮を作った。柔らかく火が通ったところで、ナンプラーとココナツミルクを入れてベトナム風にしてみた。キッチンに立っていると、うるめが僕のそばに来て、見上げながら鳴いた。えさが欲しいときだけ、うるめは僕に呼びかけるように鳴く。あとは無視だ。菫のほうになついていた。うるめと出会った最初の夜、うるめから逃げ出すように走った僕のことを恨みに思っているのか。菫はただ、ドアを開けておまえを部屋のなかに入れただけじゃないか。それでも、僕はうるめの皿にえさを入れてやる。おなじえさでよく飽きないなあ、と思うが、うるめは喜んで食べているようだ。えさを食べると、横にある皿から水をのみ、顔を丁寧に手で洗う。それからソファに座っていた菫の膝《ひざ》の上に飛び乗った。菫はうるめを抱き上げ、ほおずりをする。そんなにかわいいか。菫がそんなに猫が好きだったなんて、今までちっとも知らなかった。菫はうるめの前足を手でつかみ、肉球のある足の裏を瞼《まぶた》に乗せている。

「つべたい」

菫がひとりごちる。爪を出したら危ないんじゃないか、と思ったが、菫は気にしている様子はない。

朝から気温が上がった今日は、まるで初夏みたいな一日だった。掃き出し窓を開け、網戸を閉めたまま僕と菫は食事をとった。菫は僕の作った食事を過剰にほめ、ワインをくいくいと水をのむようにのんだ。菫のグラスが空になると、僕はそこにワインを満たした。真夜中。菫と猫。とろりとしたつややかな春の空気が僕のまわりにある。「うるめちゃーん」と言いながら、酔った菫はうるめをまさしく猫可愛がりした。菫の腕のなかでうるめは体を丸め、目を閉じ、うっとりした顔をしている。まるで子供だ。菫が赤ん坊を抱いたらこんなふうになるのか、と、ふと想像しそうになって、僕は即座にその想像をやめた。もし菫と結婚して、子供が生まれたら。何を馬鹿なことを。と、自分のなかのもうひとりの自分がそう言う。猫と赤ん坊じゃ、かかるお金も手間も違いすぎる。そもそも、今の生活で、二人のバイト代を合わせても二人で食べていくのがやっとなのだ。子供なんてありえない。でも。僕は今、二十六歳。菫も同い年。あと四年で二人とも三十になる。そのことの実感がつかめない。三十歳というのは途方もなく先のことのような気がするが、大学を卒業してあっという間に時間が過ぎたことを思えば、三十なんてすぐだろう。大学に入る前は、まさか苦労して入った大学を出たあと、自分がバイトで生計を立てているなんて思いもしなかった。どこかの段階で、何かを変えなくちゃと思いながら、その何かがわからず、考えようともしなかった。自分の未来。菫の未来。それがどこかで交わることがあるのだろうか。交わることがあればいいと僕は思う。けれど、交わるために何をすればいいのか、僕にはいっこうにわからないのだった。

僕は立ち上がり、菫の肩に触れた。菫の腕のなかにはまだうるめがいた。僕はうるめを床におろし、ひざまずいて、菫の太腿の上に顔を埋めた。菫が僕の髪の毛のなかに指を入れ、髪の毛を梳《す》くように動かした。うるめみたいに僕は菫に甘えているんだ、と思った。寝室の布団に二人で倒れ込む前に、照明を暗くした。寝室の襖《ふすま》は開けたままでいるから、うるめはこの部屋のどこかにいるはずだ。けれど、うるめの気配はなかった。僕がすっぽりと菫のなかに収まったときだけ、獣のうなり声のような音が聞こえたが、それはうるめではなく、菫があげた声なのかもしれなかった。

菫の作ったチラシはいろいろな場所に置かれたり、貼られたりしたが、いっこうに飼い主からは連絡がなかった。僕のなかに疑念が浮かぶ。もしかしたら、うるめは迷い猫ではなくて意図的に捨てられたんじゃないか、と。けれど、なぜだか、それを菫に伝える勇気がなかった。

二人で休める次の休日がやってくる頃には、東京でも桜が咲き始めた。僕と菫は川沿いを歩いた。桜の枝は川を覆うドームのようになり、川で落ちた花びらが水の流れに運ばれていった。

「桜って、毎年思うけれど、自分が思っているよりも白い花だよね」

そんなことを話しながら菫は歩いた。

「こんなにきれいなものを見られないうるめはかわいそうだ」

菫はそう言って、僕の腕をつかんだ。僕は菫の手を握った。菫の手はいつも僕が思っている以上に小さく感じる。菫は僕が握った手を軽く握り返してきた。

川沿いの公園のベンチに座り、来る途中に買ったビールを菫と分け合ってのんだ。すっかりぬるくなってしまったビールは苦みだけが舌に強く残る。ベンチの脇、吹きだまりになったような場所に、風で散り乱れた桜の花びらが重なっている。菫はそれを一枚一枚つまみ、広げたポケットティッシュの上に置いた。ティッシュを畳むと、それを大事なもののようにそっとポケットにしまった。

家に帰り、ドアをそっと開けると、うるめが寝ぼけたような顔で玄関にやってきた。うるめがドアの隙間から出ないように、できるだけドアを細く開け、体を滑らせるように部屋に入ることが僕と菫の習慣になっていた。

菫はうるめの頭を撫で、新しいえさと水を与えた。うるめは腹がそれほど減っていなかったのか、食べることをすぐにやめた。菫がソファに深く腰かけると、いつものようにうるめは菫の膝に乗る。僕も隣に座った。菫はポケットから、畳んだティッシュを取り出すと、うるめの頭の上で広げた。白い桜の花びらが、ひらひらとうるめの上に落ちていく。うるめはそれが桜の花びらだと認識していないだろう。目を細めただけで、眠いのかすぐに目を閉じた。

「好きな人ができたの。その人と暮らしたいの。だけど、うるめは連れてゆけない」

菫は僕を見ずに、うるめを撫でながら言った。

「うん」と返事をしながら、何に対する肯定の返事なのかわからなかった。そんなことはやめろ、とか、俺を捨てないでくれ、とも言えなかった。そいつはどんなやつなのか、とも聞けなかった。けれど、宅配便の仕分けのバイトをしている自分よりはましな生活を、そいつはしているような気がした。もっと菫と話をすればよかったのか、とも思ったが、そもそも自分はどれほど菫のことが好きなのか、それすらもよくわからなくなっていた。

菫は翌日、家に帰ってこなかった。その次の日は荷物を整理するために家に泊まった。その翌日と次の日は帰ってこなかった。菫がこの部屋に帰ってくるたび、菫の荷物は少しずつ少なくなっていった。僕が仕事に行っている間にも、菫は自分の荷物を取りに来ているようだった。二週間も経たないうちに、この部屋から菫の荷物はすっかり消えていた。

菫がいなくなってから、うるめは僕の布団のなかに入ってくるようになった。おまえなんかと寝たくはないが、という顔でしぶしぶ布団に入ってくる。寒さに負けたのだろう。捨てられた猫と、捨てられた男が生活を共にしていた。不思議とみじめさはなかった。けれど、布団に入ったときなどに、ふいに、菫の体のにおいが鼻先をかすめることがあった。そのときだけ、気持ちは動いた。季節は進んで、桜はすでに満開だった。バイトの帰り道はもう寒くはなかった。真夜中、アパートまでの道で、満開の桜を目にすると、僕は立ち止まって眺めた。胸の皮膚がむしられるような痛みがかすかに生まれることはあったけれど、それも一瞬のことだった。菫のことがほんとうに好きだったのか、好きじゃなかったのか、それが今でもわからないのだ。

ざっ、と風が吹いて、桜の花びらが散った。くるくると回転するように花びらは舞って、コンクリートの地面の上に落ちた。

家に帰り、僕はドアを開けた。うるめがにゃっ、と言いながら近づいてくる。僕はうるめを抱き上げて、玄関ドアを閉め、部屋の外に出た。そのまま階段を降りても、逃げだそうとはせず、うるめは僕の腕のなかでおとなしくしている。まるで、以前にもそうされたことがあるように。僕は環八沿いをうるめを抱いたまま歩いた。やはり車の流れは川のようだ。車は確かにどこかに向かって走行していた。目的地があるのだ。僕にはそれがとてもうらやましいことに思えた。

うるめを拾った自販機が見えてきた。僕はその前に立ち、うるめをその場所に下ろした。

「じゃあな」という僕の顔をうるめが見上げている。そこに何かの感情を読み取ることは難しかった。自分のことや、菫のこと、人間の考えていることもわからないのだ。

猫の気持ちがわかるか。僕は駆け出していた。ついてこられないように、住宅街の中を通り抜け、アパートに向かった。息を切らして階段を駆け上った。ドアを閉める。しばらくドアに顔を寄せて、耳をすましていたが、鈴の音は聞こえてこない。僕は安心してドアの鍵をかけた。

翌日、目を覚ますと、瞼の上に重みを感じた。何かが目を塞《ふさ》いでいる。感触で僕はそれが何かわかる。肉球だ。誰かが僕の瞼の上に猫の前足を置いているのだ。香りが動く。僕はその香りでそれが誰だかわかる。

「帰ってきたのか」

そう聞いても、猫も人も何も言わない。

「一人と一匹で出戻りか」僕は目を閉じたまま聞く。

にゃっ、と人のほうが返事をした。僕を捨てた人間と、僕が捨てた猫が枕元にいるのだ。猫は何も言わない。それがうるめなのかどうか、僕にはわからない。そばにいるのがほんとうに菫かどうかなのさえ、僕にはまだわからない。

夜と粥

タクシーの後部座席に座り、軽く酔っている私は車窓を流れる景色を見るともなしに見ていた。

LEDの信号が町にあらわれ始めたときは、ずいぶんと目にギラギラと映るものだと思っていたけれど、今ではもうすっかりその光の派手さに慣れてしまっている自分がいる。

渋谷から自宅のある町まで。最終的には井ノ頭通り沿いで降ろしてください、と運転手さんにすらすらと言うこともできるほど、私はタクシーにお金を使うことを無駄だと思わなくなっている。彼女と別れたあと、私は心を壊した。恋愛が終わるときはいつもそうだ。

心の調子が悪くなると、まずは電車に乗れなくなる。乗らなければいけない状況ならば、できれば座っていたい。渋谷から各駅に乗って十五分にも満たない電車のなかで人と近い距離で立っている、ということすらうまくできなくなってしまう。

仕事の打ち合わせはだいたい渋谷か新宿でしてもらえるように頼んでいた。毎日打ち合わせがあるわけではない。月に二回か三回、多くても四回、その行き帰りにタクシーに乗るくらいの贅沢《ぜいたく》を私は自分に許した。

タクシーが信号で止まる。いつもの三叉路《さんさろ》の左側、午後十時過ぎのこの時間でも照明の灯《とも》っているビルのフロアがある。いつも複数の男女が窓際の椅子に座り、背中をこちらに向けている。こんな時間にいったい何を。初めて見たときから気になっていた。この近くにあるネイルサロンに行ったときにその話題になった。

「ああ、あれ、社交ダンスの教室なんですよ」

と、担当してくれたお姉さんがマスク越しのくぐもった声で言った。

窓際に背を向けて座っている人の中心にはダンスを踊る人がいる、というわけなのだろうか。釈然《しやくぜん》としなかったが、夜にタクシーでここを通るたび、あの照明の下、椅子に座って見守る人たちの中心には優雅にダンスを踊る人が見えないけれどいるのだ、と想像することにした。

そう考えないと少し怖いからだ。

コンビニの前で止まってもらいカードで料金を払った。タクシーを降りるとむっとした湿気に体が包まれる。マンションの前まで行ってもらってもいいのだが、少し細い道を入るその場所を説明するのも面倒くさく、いつもここで降ろしてもらっていた。

コンビニでペットボトルの水を一本買い、袋はいいです、と言ってお金を払う。ケースから出したばかりのペットボトルのまわりにはすぐに水滴がついて、手を濡《ぬ》らしながらマンションまで歩く。オートロックを解除し、エレベーターで四階に上がった。

外廊下が水に濡れ、ところどころに小さな水たまりができている。やっぱり洗濯物をベランダに干してこなくてよかった。夏の午後になると豪雨が頻繁に降る。そのことにはもう慣れてしまったけれど、雨の降り方は年々局地的になっているような気がした。打ち合わせをしていた渋谷では雨など降っていなかった。けれど、同じ時間、この場所には豪雨が降った。自分がいない間にこの小さなマンションが強い雨に濡れ続けていた、ということを考えると、自分が知らないもうひとつの世界があるようでなんだか不思議な気がした。

部屋のクーラーはつけたままで出かけていた。クーラーをつけたり消したりしたほうが電気代がかかる、とどこかで聞いてからは、外出時にクーラーを消すことをしなくなった。この季節、部屋に入ったときに感じるむっとした空気も苦手だった。部屋はほどよくひんやりと冷えていたが、ダイニングテーブルの上の花瓶に活《い》けられたカサブランカの香りが息苦しい。生きた花の香りは誰かの葬式を思い出す。

2LDKのこのマンションは、そのうちの一部屋を仕事場にしても広すぎる。彼女がまだこの部屋に暮らしていたときは、一部屋を自分の部屋に、もう一部屋を彼女の部屋にしていた。眠るときは、彼女の部屋でいっしょに眠った。今は彼女が使っていた部屋を寝室にしているが、自分一人ならば、ワンルームでもいいのではないか。

ダイニングに向かって対面式になっているキッチンのシンクの前には彼女が置いていったスツールがひとつあり、私はそこに座ってペットボトルの蓋を開けた。こくこくと水を飲む。おなかは空いていなかった。シンクの後ろには銀色の冷蔵庫があり、スツールに座ったまま背中を当てると、水を吸い上げるようなかすかな音と振動が伝わってきた。自動で氷を作る機械が動く音だ。冷蔵庫内にあるタンクに水を補充しておくと勝手に水を吸い上げ、冷凍室にあるプラスチックトレイに氷がはき出される。彼女がいなくなってから初めて気づいた音だった。用はないのに冷蔵庫の扉を開けてみる。なかにはビールとペットボトルのお茶がいくつか。食べかけの苺《いちご》ジャム。マヨネーズ、ケチャップ。チューブ入りのショウガ。扉を閉め、下の冷凍室を開ける。ハーゲンダッツの白桃がひとつ。ずいぶん昔に買ったものだ。そして勝手に作られていく氷。そのひとつをつまみ口に入れた。薬臭いような奇妙な味がした。カルキ臭いとはこんなにおいのことを言うのだろうかと思った。

「ここを出て行く」と彼女が言ったのは去年の夏、いや今よりもう少し前、梅雨がまだ明けきらない七月の終わり頃だった。

つきあい始めて四年、いっしょにここで暮らし始めてから三年が経《た》っていた。あの夜も、今夜みたいにやけに蒸す夜だった。都心で打合せを終え、帰りの満員電車に揺られながら、すぐにシャワーを浴び、ビールをのんで、彼女の作った料理を食べたいと思っていた。生活費は、私が稼ぎ、家のなかの仕事を彼女がしていた。世間にとおりのいい言葉でいうならば、私と彼女との関係において、彼女は専業主婦のような立場にいた。

シャワーを浴びて出て行くと、ダイニングテーブルの上には、茹《ゆ》でた枝豆ととうもろこし、キムチを載せた冷《ひ》や奴《やっこ》が皿に盛られていた。これを食べて待っていてくれ、という意味だ。私はキッチンに立つ彼女に気を遣うこともなく、いつものように一人で缶ビールを開け、つまみを口にした。換気扇を回すぶうんという音に、彼女が何かを油で炒《いた》める音が混じって、私は野球中継のテレビの音量を大きくした。前を向くと私が座った位置から、彼女の背中が見えた。その頃、彼女がよく着ていたマゼンタ色のリネンのワンピース。袖から伸びた腕がいっそう細くなったようにも見えた。ゆるめに後ろで編んだ三つ編み。背中でばってんになったエプロンの紐《ひも》がよじれている。それを見ていたら、今日は彼女を抱くだろう、と思った。

明日は休みだし、いつまで寝ていてもいい。ゆっくり起きて、もう一度、彼女を抱いたっていい。二人でいっしょにシャワーを浴びてもいい。朝昼兼用の食事をとる。そのあと、近所のプールに行ってもいい。そのあといったん帰って昼寝もありだ。目が覚めたら、タイ料理か天ざる……。素晴らしい週末。

「別れたいの」

ことり、という音。白くて細い腕が伸びてテーブルの上に皿が置かれた。皿には湯気のたった豚とバジルの炒めものが載っている。

「ごめんなさい。好きな人ができました」

「女、それとも男なの」彼女は叱られた小学生のようにうなだれている。

「男です」

そう言った瞬間、私は立ち上がり彼女の頬《ほお》を張っていた。彼女の体は小さい。私が頬を張った瞬間によろめいた。彼女に暴力をふるったのはこのときが初めてだった。私の体は震えていた。彼女に暴力をふるった自分のことが怖くなったのだ。そういう力が卵の殻《から》を割って出てくるように自分のなかから湧いてきたことが。


彼女と初めて出会ったのは新宿のバーだ。彼女はそこで働いていたが、バーの仕事だけでは食べていけず、主に女に、性的な奉仕をする仕事もしていた。

彼女はカウンターの中に立ち、客に酒をつくっていた。客が話しかければ返事をするが、自分から客に話しかけることはない。背が低くて、髪の長い、愛想のない女だと思った。一目惚《ひとめぼ》れをしたわけでもない。顔だって好みではなかった。なぜ好きになったのか、どこが好きだったのかと問われれば、今でもうまく答えられない。けれど、初めて会った夜の終わりには、グラスを持つ白くて小さな手や、指先の四角い爪の形を私は絵に描けるくらいに記憶していた。

彼女が生まれたのは青森で、十七歳で家を飛び出して東京に出てきて、ずっとそんな仕事と生活を繰り返していた。東京で何かしたいことがあったわけではない。昼の、会社員の仕事がしたいと願っていたが、学歴も職歴もない彼女を雇う会社はどこにもなかった。彼女とは同い年で私たちが出会ったのは二十七歳のときだった。彼女が東京に出てきて十年が経っていた。彼女はもう会社員になりたいなどとは思ってはいなかった。けれど、東京での暮らしに彼女はひどく疲れていた。

「もう絶対にあそこに帰りたくはないの」

彼女と最初に話をしたとき、彼女はつぶやくように繰り返した。

彼女は請われれば、男とも女とも寝ていた。仕事をしていないときでもそうだった。断るより寝るほうが簡単だから、と彼女は言った。最初は金を払って彼女と寝た。彼女が所属する店で彼女を指名したのだ。安くはなかった。バーでは、彼女はＨＩＶか薬で死ぬ、と噂《うわさ》されていた。そうなのかもしれない、と私も思ったが、彼女に惹《ひ》かれていく自分を制御できなかった。店主に彼女の噂をすると、「まさか。この値段でそんな商品は出さない」と一笑された。彼女と寝ることができるなら死んでもいい。それが私の本音だった。

最初の夜、抱き合ったあとに彼女はすぐに眠りはじめた。彼女の眠りは深かった。息をしているのか不安になるほど深く眠った。私は眠る彼女の裸を凝視《ぎょうし》した。その頃の彼女は痩《や》せ方もひどかった。裸の胸は豊満で破裂しそうなほど張りがあるのに、その下ではあばら骨が浮いている。豊胸手術だろうか、とも思ったが、そうだとしても、そのアンバランスさが、彼女の今までの不摂生《ふせっせい》な生活を物語っているような気がした。

私の視線に気づいた彼女が目を覚ました。

なぜ目の前に私がいるのかわからないという表情をしている。おいてけぼりにされた子どもみたいだと思った。私は彼女を抱き、彼女に抱かれた。その快楽には終わりがなかった。時間いっぱい彼女を抱き、息を弾ませ、ベッドの上で二人仰向けになって、天井の鏡ごしに互いを見て笑った。裸の、二人の女が鏡のなかでくすくす笑っている。笑いはいつまでも止まらなかった。潮《しお》のような彼女の味を舌先に感じながら、もうそのときには彼女と離れられなくなるだろうと思っていた。

店を通して二回彼女に会い、三回目は彼女から聞き出した携帯に電話をかけて直接会った。それは彼女の所属する店からすれば違反行為だが、彼女はまったく気にしていなかった。

「生理中なのだけれどかまわない？」彼女はそう聞いた。そんなこと、と思ったけれど、彼女の青白い顔を見て、その日は彼女とは寝ず食事をすることにした。松濤《しょうとう》にあるポルトガル料理の店を選んだ。会社の接待で一度使ったことがあった。

「何か食べたいものがある？」

メニューを見せながら、そう聞くと彼女は首をふる。私は彼女に食べさせたいものをアラカルトでオーダーした。すりつぶしたじゃがいもと玉葱《たまねぎ》の温かいスープ、干し鱈《だら》のコロッケ、鰯《いわし》のグリル、ローストした鴨《かも》の炊き込みごはん、それにポートワイン。彼女は鰯を丁寧に食べた。そんなに魚をきれいに食べる人を初めて見た。そのことを素直に伝えると、

「猫またぎ、っておばあちゃんによく言われた」

とワインのグラスを口にしながら言う。

「猫またぎ？」

「猫がまたいで通るほど魚に身が残ってないってこと」

そう言って笑うと彼女の犬歯が店の暗い照明に白く光った。

その笑顔を自分だけに向けてほしいと思った。私とだけいっしょにいてほしかった。不特定多数の誰かと寝てほしくなかった。彼女に会っていないときに彼女が誰かと抱

き合っているのかと想像すると、心は嫉妬《しっと》で破けそうになっていた。出会って一月《ひとつき》が過ぎる頃には、私はもう後戻りできないくらいの深さと鋭さで、彼女のことを愛し始めていた。

その頃、私は会社員と同時にイラストを描く仕事をしていた。それが学生時代からの夢だったし、いずれは会社員をやめてイラストだけで食べていきたいと考えていた。彼女と出会うまでは売り込みに行っても足蹴《あしげ》にされるだけの日々が続いたが、彼女に出会ってからツキがまわってきた。とある作家が賞をとった装丁に自分のイラストが使われ、そこから数珠《じゅず》つなぎで仕事が入るようになった。彼女が疲れていたように、昼は会社員、夜は深夜までイラストの仕事という日々に私も疲れていた。一年先まで仕事のスケジュールが埋まったとき、私は思いきって会社をやめた。イラスト専業でやっていく自信はまったくなかったが、だめならまた会社員に戻ればいい、と思っていた。

「いっしょに住まない?」

仕事が忙しくなったのに使う暇《ひま》はないから、まとまった貯金が出来た。陽《ひ》の射さない穴蔵のようなアパートから引っ越すことを決めた。そう彼女に提案したときには彼女に出会って一年が経っていた。彼女は断らなかった。私といっしょに生活をしたかったわけではなかっただろう、と今になれば思う。当時、彼女は住んでいたアパートの家賃をずいぶん滞納していたし、立ち退きを迫られていたのだから。

「少し休んだらいいんじゃない」

いっしょに暮らし始めたとき、私は彼女にそう言った。

彼女を家のなかに閉じ込めておきたかった。私は家でイラストの仕事をする。だから、家のことをしてくれないか、と頼んだ。そうは言ったものの、家事なんてしてくれなくてもよかった。ただ、彼女にそばにいてほしかった。

しばらくの間、彼女は起きている時間よりベッドのなかにいた時間のほうが長かった。私が仕事をしている時間も彼女は眠り続けた。目を覚ましていても、だるい、眠い、が彼女の口癖だった。どこかに悪いところがあるんじゃないかと、何度か病院の受診をすすめた。HIV、という言葉が頭をかすめた。

「とにかく体中を全部すみからすみまで調べてもらって。お金はかかってもいいんだから」

「性感染症《STD》とか心配してるの？」

私は黙った。黙っている私のくちびるに彼女は自分のくちびるを重ね、離す瞬間に私のくちびるを舌先でぺろりと舐《な》めた。

「とにかく体中をすみからすみまで調べてもらうわ。あなたが心配なら」

黙ったままの私の肩にそっと手を置いて彼女は笑った。血液検査やレントゲンだけでなく、子宮の奥の粘膜が採取され、たわわな乳房はマンモグラフィーのプラスチック板に挟まれ、彼女の体は徹底的に調べられた。どこにも悪いところはなかった。HIVでもそれ以外のSTDでもなかった。貧血気味で鉄剤が処方されただけだった。

それから少しずつ、食事や洗濯や掃除を彼女がしてくれるようになった。

彼女が好きな家事は洗濯で、洗面所の棚にはさまざまな洗濯洗剤と柔軟剤が並べられた。掃除はそれほど得意ではないようだった。フローリングの床は少しずつ曇っていった。料理は最初、まったくだめだった。かろうじて炊飯器でご飯は炊けた。しばらくの間は私が料理を担当していた。そうは言っても私ができる料理などほとんどなかった。カレーに目玉焼きくらいのものだ。それでも彼女は私が作った料理を、

「なんでこんなにおいしいものが作れるの」

と不思議そうに言いながら、きれいにたいらげた。

何もできない状態から味噌《みそ》汁《しる》や簡単なスープくらいは作れるようになり、野菜を切っただけのサラダから和風の煮物へ、肉や魚を焼くだけの料理から、連れて行った店の味が再現できるようになるまで、それほどの時間はかからなかった。料理の経験値がないだけで、素材から何かおいしいものを作り上げるという元々の素質が彼女にはあったのだろうと思う。

時間があれば眠っていた日々を経て、彼女が夢中になったのは料理だった。朝、昼、

夜、私は彼女の作った料理を食べ、半年の間に体重が五キロ増えた。会社勤めをやめて通勤がなくなった分、運動量が減ったこともあるのだろうか、同じものを食べているのに彼女がちっとも太っていかないのは不公平だと思った。それでも、以前はうっすらと浮かんでいた彼女のあばら骨は薄い肉に覆われ、もう見えなくなった。キッチンには私の知らないスパイスや見たことのない調理器具が並べられ、世界各国の料理がテーブルに並んだ。

私の仕事は順調だった。彼女も健康を取り戻した。私たちは三十になろうとしていた。私と彼女の誕生月は同じ十月で、誕生日は十四日ほど彼女のほうが早かった。私は彼女に指輪を贈った。

「いつまでもいっしょにいてほしい」

頷《うなず》いてくれたので私は彼女の薬指に指輪をはめた。私は彼女を抱きしめた。立ち上がれば彼女の頭は私の胸のあたりにすっぽりとおさまってしまう。私は彼女を抱きしめながら、彼女のつむじを見つめ、彼女の髪のにおいを嗅《か》いだ。同じシャンプーを使っているのに、シャンプーの香りに彼女の体臭が混じり、それがなぜだか私をせつなくさせた。彼女の小さな頭のなかで何が起こっているのか、彼女ではない私にはまったくわからない。裸になって彼女と性具を通してつながっていても、私たちはいつまでも一人と一人のような気がしていた。それは私たちが女と女だからだろうか。普通の女のように、男の性器をすっぽりと納めてしまえば、もしくは普通の男のように自分の性器を女のなかに納めてしまうようなセックスをすれば、こんな気持ちにならないのだろうか。

料理教室に行きたい、と彼女が言い出したのは、二人で暮らし始めて一年が過ぎた頃だったろうか。クリスマスに本格的なチキンを焼いてみたいから、と彼女は言った。家にはすでに彼女のために電気ではない本格的なガスのオーブンがキッチンに備えられていた。長期の教室ではなく一回だけの教室だ。かすかに私の胸に悪い予感が生まれたが、それを悟《さと》られたくはなかった。彼女を家に閉じ込めているのではないか、彼女といっしょに住み始める前、彼女を金で買ったときも、今自分がやっていることも変わらないのでは、という思いもあった。

「行ってくれれば」

そう言ったものの、彼女が料理教室に行っていた週末の数時間、私は仕事が手につかなかった。それでも少し上気したような顔で帰ってきた彼女には何食わぬ顔で「楽しかった？」と聞くくらいの冷静さはあった。

クリスマスには料理教室で習ってきた本格的なチキンを彼女は焼いた。仕事の合間にキッチンで作業をする彼女を眺めた。チキンは首を切り取られ、おなかを上にして脚を縛られている。焼かれる前のチキンはグロテスクだった。皮のぶつぶつも気持ちが悪かった。チキンコンソメや野菜、バターといっしょに炊き上げたごはんを彼女はチキンの空洞にみっちりと詰めていった。

チキンをオーブンに入れた彼女を後ろから抱きすくめた。ニットを持ち上げ、ブラジャーのホックを唇と歯を使って外した。背中の溝を舌でなぞった。ぐ、とくぐもるような声を彼女があげたので、私は彼女の手を取り、寝室に連れて行った。チキンが焼き上がるまでの間、私の指は彼女の湿った空洞のなかにあった。私の指では彼女の空洞を満たすことができない。そんなことわかりきっていたはずなのに、彼女と同じ形をしている自分の体が私には許せなかった。

彼女が好きになったのは、彼女のことを好きになったのは、料理教室の男性講師だった。私が外で仕事の打ち合わせをしている間、彼女はその男の家で男と会っていた。彼女を問い詰めてそのことを知った。ここから一駅先に男の自宅と料理スタジオがあった。男の名前を私はパソコンで検索した。画像で出てきた男の顔をどこかで見たことがあった。自分のイラストが載った雑誌だろうか。男はテレビの料理番組にも出て、そこそこ名前も知られていた。エプロンをしてカメラにむかってにこやかに微笑《ほほえ》んでいるその男の笑顔を私は憎んだ。男の体を持っているその男を憎んだ。

「なんでこんなにおいしいものが作れるの」

私に言った同じ言葉を男にも向けたのかもしれない。

「もう絶対にあそこに帰りたくはないの」

彼女と初めて出会った夜、私が聞いたその言葉を男の腕のなかで言ってほしくはなかった。彼女と男が抱き合っているところを想像すると、みぞおちのあたりがかっと熱くなった。嫉妬というのは感情だけの問題ではない。激しく嫉妬すると、体もそれを表現しようとすることを私は改めて知ったのだった。

頬を張った翌日から彼女は私と口をきかなくなった。同じ空間にいても、私をいないものとして彼女は私を扱った。自分の網膜に私の姿を映すことすら彼女は拒んでいるようだった。彼女は家のことをしなくなった。掃除も洗濯も、そして料理も。昼間は自分の部屋に閉じこもり、鍵をかけた。私は仕方なく仕事部屋でもある自分の部屋に布団を敷いて寝た。

私がトイレに入っていたり、仕事の電話をしている隙を見て、彼女は外に飛び出した。それじゃまるで私がここに彼女を監禁しているみたいじゃないか、と思ったが、彼女にしてみれば、ここでの私との暮らしはそういう生活だったのだろう。それでも最初の頃、外出は短時間で、夜になれば帰ってきた。けれどしばらくすると、一晩帰ってこないことがあった。まるで猫だ、と私は思った。

彼女が帰ってこない夜、仕事など手につかなかった。グラスに氷を入れ、白ワインを注いで一気にあおった。彼女が料理をしなくなったキッチンは、油と埃《ほこり》で汚れたまま放置されていた。冷蔵庫を開けてみると、自分がいつか買った缶ビールと調味料があるだけで新しい食材が足された様子はない。野菜室には芽の出たじゃがいもや、しなびた青菜が見えた。最後に食べた彼女の料理はなんだったんだろう？　としばらくの間考えてみたがわからなかった。

彼女の部屋に入ってみた。鍵は開いたままだった。彼女の部屋とは言うものの、そこはダブルベッドがほとんどを占めていて、彼女の物はチェストとクローゼットに入っている洋服と化粧品、小さな書棚に揃《そろ》えられた料理本くらいのものだった。私はベッドに倒れ込んだ。彼女のにおいを強く感じた。深く吸い込もうとしたけれど、そうしてしまったら彼女のにおいが薄くなってしまうようでできなかった。

彼女はなぜ私以外の誰かを好きになったのだろうか。私の愛が重かったのだろうか。私はベッドの上に寝転んだまま思った。私は人を好きになればその人となるべく多くの時間を過ごしたいと思う。その人にも自分を見ていてほしい。できるだけ長く。けれど、自分の恋愛がいつもこんなふうに相手に逃げ出されるように終わってしまうのは、きっと自分に原因があるのだろう、ということになんとなく気づいていた。恋愛の終わりに心のバランスを崩すことも、もう止めにしたかったが、心を一度壊さなければ私は恋愛を終わらせることができない。高いお金を払い、長時間カウンセリングを受けて、自分の生育歴に原因があると言われても、何度でも私の心は壊れた。今度の病院通いも長くなるだろう、という予感があった。けれど仕事を放り出すわけにはいかない。新しく始めた仕事をゼロにしてしまう勇気はなかった。

一度は荷物を取りに彼女はここに戻ってくるだろうという私の楽観は打ちくだかれた。チェストの上、ヴェネチアンガラスの皿のなかに私がいつか彼女にあげた指輪が置かれていた。私は同じ指輪を外す勇気がまだなかった。

指輪をはめたまま、私は一人、マンションの一室で仕事を続けた。

食事はほとんど外食で済ませた。彼女の作った料理を画像として思い出すことはあっても味を思い出すことはなかった。それよりも料理をしている彼女の後ろ姿の背中のラインや、抱き合っているときの皮膚のなめらかさが、ふいに再現されることがあって、そのたびに私の心はかきむしられた。

彼女と出会ったバーに行ったが、私が彼女と二人だけの暮らしを続けている間に、顔見知りは一人もいなくなっていた。バーの帰り、彼女が所属していた店で女を買った。彼女によく似ている女を選んだ。私よりも一回り以上も年下の女だった。女は私の手首をつかんで言った。

「食べないと死んじゃうよ」と。女が親指と人差し指で作った輪の内径よりも自分の手首は細かった。

女が裸になると、彼女の体には私が思っていた以上の脂肪がついていた。彼女に抱かれていると、ひんやりとしたゼリーに包まれている気分になった。脂肪は決して温かいものではないのだと知った。

夜は薬の力を借りて眠った。朝は自分の泣き声で目が覚めた。彼女の夢を見て泣きながら起きることがほとんどだった。

そんなある日、偶然、彼女を見かけた。

新宿のデパートの最上階にあるキッチンスタジオだった。洗面所に続く通路から、そのスタジオの中が見えた。知っている顔がある、と思った。最初に見つけたのはあの男だ。私は立ちどまった。インカムをつけて、女性がほとんどの生徒の前で料理の手順を説明している。男の後ろのモニターでは男の手元がアップになって映っていた。その男の隣にエプロンをつけた助手のような女がいる。最初は彼女だとわからなかった。長かった髪は切られ、彼女の体は健康的、と言っていいくらいに太っていた。アシスタントという立場なのか、男のすることをサポートし、私が見たことのないようなきびきびした態度で働いていた。私が知らない彼女だった。バーと風俗でしか働いたことのない彼女が、人に料理を教える仕事を手伝っている。そんな皮肉も浮かぶほど、私の心は彼女から遠いところにすでにあるのかもしれなかった。やりたいことが見つかったのならそれでもいい。彼女の親のような気持ちにもなったが、それでも私の元から突然いなくなった彼女のことを私はまだ許してはいなかった。

　スツールから立ち上がり、トイレで用を足しながら、さっき、タクシーから見た社交ダンスの教室のことが気になっていた。彼女への未練を抱え、ずっと晴れない気持ちを抱えて仕事を続けているのなら、いっそのこと社交ダンスを習うようなショック療法が自分には必要な気もした。けれど、一瞬そう思っただけで自分は死ぬまで社交ダンスを踊るようなことはないだろうと思った。ふと、社交ダンスとはどういうダンスだったか、と考え、携帯で社交ダンスの画像を検索してみた。トイレを出て洗面所で手を洗い、携帯を見ながら、鏡の前でポーズをとってみた。背筋はまっすぐ。左手は彼女の手をとって。右手は彼女の背に。私はポーズをとったまま廊下に出る。そのままの姿勢で私は彼女と踊っているようにくるくると回った。酔いは自分が思っている以上に残っていた。くるりとターンしたとき、廊下の物入れの取っ手に手が触れた。扉がかすかに開く。細々とした掃除道具を入れていた物入れだが、最近開けた記憶はなかった。物入れを開けてみた。雑巾や埃取り、窓ガラス用の洗剤が整然と並んでいる。いちばん上の棚にプラスチックのケースがある。目をやると、そこに私の名前と「病気のときのために」と書かれた付箋《ふせん》が貼られている。ケースを手に持ち、中をのぞいた。白がゆ、と書かれたレトルトが見えた。白がゆ以外にも、レトルトのスープやシチューがそのケースの中に入れられていた。彼女がこの部屋にいたときからあったものか、それとも部屋を出たときに用意してくれたものかはわからない。なぜキッチンではなく、見つかりにくいこの場所に彼女が隠すように置いたのかも。けれど、それが私を気遣った置き土産であればいいと強く思った。愛されたかった。愛されていたとわかるような証《あかし》がほしかったから。

食べたい気持ちはまったくなかったが、私は白がゆのレトルトを手に取り、キッチンに戻った。封を切り、中身を全部、スープ皿にあけた。お湯で温めることも、レンジでチンすることもしなかった。水切りカゴにつっこんだままになっていたスプーンで一さじすくって口に入れた。冷たい粥《かゆ》をおいしいともまずいとも思わなかった。米を湯で煮た味がしただけだ。私は皿をそのままシンクに置いた。口が開いたままのレトルトの袋の中をのぞきこんだ。米粒がこびりついた銀色が見える。子どもの頃、遊園地で入ったことのある鏡張りの部屋を連想させた。空洞がある、と私は思う。封さえ開けなければ、新鮮な白がゆのままだったのに、空気と光に触れてしまったそれは、今ではもう、刻一刻と残飯になっていく。

私はまた廊下でダンスを踊った。さっきみたいにどこかに手が触れて、何かの扉が開き、彼女の置き土産がそこから飛び出してくれればいいと思う。けれど、閉じられた扉はもうない。たった一人でくるくると回る私を天井からの間接照明が照らしているだけなのだ。廊下を影が動く。誰も見ていないダンスを私は一人で踊っている。少しずつ薄れていく彼女の記憶を反芻《はんすう》しながらいつまでも踊っている。

あとがき

本書を手にとっていただきありがとうございます。

読んでくださった方、また、あとがきを読んでから、この本を買おうかどうか決めようと思っている方のためにも、本書の成り立ちや、それぞれの作品が生まれた背景などを少し説明できればと思っています。

本書は私の本が初めて出版された翌年から最近までの作品を収めた短編集です。収められた作品の半分は「性」というテーマが与えられたものでした。

それはなぜか。

私がデビューしたのは、新潮社が主催する『女による女のためのR-18文学賞』をいただいたことがきっかけなのですが、その頃、この賞には「性」というテーマがありました（今はこのようなテーマはありません）。そのような賞をとって小説家としてデビューしますと、さまざまな小説誌（小説●●といったエンタメ系の雑誌）から、「性」をテーマにした小説の依頼が舞い込みました。本当のことを言えば、私は小説を書きたいと思っておりましたが、「性」といったテーマで書いていきたいと思っていたわけではありません。それでも、小説、という大海に漕ぎ出すためには、私は「性」についてたくさんの作品を書く必要がありました。デビュー当時は家に思春期の子どももおり、学校や塾に行っている時間、眠っている時間に、彼の目をかすめるように私は「性」について書き続けました。私の長編小説の多くが、最初から大胆な性描写で始まるのは、こんなふうに書き散らかした短編を最初の一編として「連作短編にしましょう」という申し出があったからです。

こうしたことを人と比べるのは難しいことですが、私はとりわけ性に対して過剰な興味があるわけでも、性を介在にしてたくさんの人と交わっていきたい、と思う人間でもありません。「性」というテーマをいただいても、バラエティに富んだ「セックス」を描くことは、とても難しく、ハードルの高い作業でありました。

それでも、「性」の先に「生」がつながっていることは書けるのではないか。私が小説家として生き延びていくためには、それが大きなテーマになるのではないか、という思いがありました。性の先には何があるのか、そのことを、出産経験のある私は知っています。生のすぐ先に死があることも、年齢を重ねている私は知っています。デビュー作が出版されたのは四十四歳という遅い年齢でしたが、そのようなタイミングで小説家になった私だからこそ、書けるものがあるのではないか。そんなことを考え続けて、小説家として十年が経ちました。

『すみなれたからだで』『バイタルサイン』『朧月夜のスーヴェニア』の三つは、このように「性」としてテーマが与えられ、生み出された作品です。『すみなれたからだで』は「更年期以降の性」、『バイタルサイン』は「インモラルな性」、『朧月夜のスーヴェニア』は「略奪愛」という二次的なテーマもあり、四苦八苦して書いた記憶があります。

また、この本では、フィクションではなく、ノンフィクションの色合いの強い作品も収められています。山本周五郎賞をいただいた時に書いた『父を山に棄てに行く』は、今となっては大きな賞をいただいたタイミングでなぜこのような文章を書いたのか、当時の自分の真意もはかりかねますが、自分がどんな半生を生きてきた人間なのかを知ってほしいという強い気持ちがあったことは確かです。

小説家、などという身に余る肩書を与えられ、また、賞までいただく。傍から見れば、とても順風満帆な人生、と思われるかもしれません。けれど、それまでの人生は私のような甘さと弱さを持った人間にとっては、正直、過酷な展開が多すぎました。強い光が当たった分だけ、黒々とした深い影の部分を書かなければ、バランスがとれない、と、切羽詰まった気持ちが、この作品を書いているときに強くあったのです。

『インフルエンザの左岸から』は、主人公こそ男性になっていますが、『父を山に棄てに行く』の後日談で、こちらもノンフィクションの色合いの強い作品です。『猫と春』、また、今回文庫化にあたって新たに収録した『夜と粥』をはじめとして、「いなくなってしまった男／女あるいは猫」というテーマも、この短編集に通底するテーマであります。父が、男が、女が、猫が突然（というように見える）姿を消す。けれど、いなくなってしまったのは、相手のほうなのだろうか。「そこ」から姿を消してしまったのは、むしろ、「私」なのではないか、と作品を書いてから時間が経過した今はそう思います。

『猫降る曇天』には東日本大震災を思わせるシーンが登場します。思えば、二〇一〇年に小説家としてデビューして、その翌年に震災が起こりました。毎日、くり返される惨禍の場面に息をのみながら、小説にできることっていったいなんだろう、と考え続けてきた十年でもありました。そして今、目に見えないコロナという未知のウイルスが私たちの生活を脅かしています。そんな時代に小説ってどんな役割を持てるのだろうか。日々、私は考えています。

小説は誰にとっても心が晴れ晴れとするような万能薬ではないけれど、もしかしたら誰かの心の奥深くにある扉を開くきっかけになるのではないか。そんな思いを抱えて、本書に収められている作品を書きました。その気持ちは今も変わりません。小説の持つ力はとても小さいものかもしれないけれど、ある人にとってはとても効く。それも長く。そういう確信めいた思いがあります。そうやって私も小説を読んできましたし、自分のなかにある暗闇を照らす小さな灯りとして、小説に自分の人生を支えてもらってきたからです。

小説を書くことは私にとって、ときに自分の身を削ぐような苦痛を伴う作業ですが、この短編集に含まれた作品のどれかが、読んでくださった方の心のどこかに響き、寄り添うことができたのなら。

心の底からうれしく思います。

本書は二〇一六年に小社より単行本として刊行されました。
文庫化にあたり「夜と粥」を増補しました。

[初出]
父を山に棄てに行く……「小説新潮」二〇一一年七月号
インフルエンザの左岸から……「GRANTA JAPAN with 早稲田文学 02」二〇一五年
猫降る曇天……「小説すばる」二〇一三年一月号
すみなれたからだで……「健康も、きれいも、自分でつくる　からだの本　vol.04」二〇一六年
※「住み慣れたからだで」より改題
バイタルサイン……「yom yom」二〇一四年冬号
銀紙色のアンタレス……「オール讀物」二〇一五年八月号
朧月夜のスーヴェニア……『きみのために棘を生やすの』河出書房新社／二〇一四年六月
猫と春……「IN THE CiTY Vol.15 Summer Issue」二〇一六年
夜と粥……「小説トリッパー」二〇一六年秋号
あとがき……書き下ろし

すみなれたからだで

二〇二〇年 七 月二〇日 初版発行
二〇二三年一〇月三〇日 2刷発行

著　者 窪《くぼ》美《み》澄《すみ》
発行者 小野寺優
発行所 株式会社河出書房新社
〒一五一―〇〇五一
東京都渋谷区千駄ヶ谷二―三二―二
電話〇三―三四〇四―八六一一（編集）
〇三―三四〇四―一二〇一（営業）
https://www.kawade.co.jp/

ロゴ・表紙デザイン 粟津潔
本文フォーマット 佐々木暁
印刷・製本 中央精版印刷株式会社

Printed in Japan ISBN978-4-309-41759-2

あなたを奪うの。

窪美澄／千早茜／彩瀬まる／花房観音／宮木あや子　41515-4

絶対にあの人がほしい。何をしても、何が起きても——。今もっとも注目される女性作家・窪美澄、千早茜、彩瀬まる、花房観音、宮木あや子の五人が「略奪愛」をテーマに紡いだ、書き下ろし恋愛小説集。

アカガミ

窪美澄　41638-0

二〇三〇年、若者は恋愛も結婚もせず、ひとりで生きていくことを望んだ——国が立ち上げた結婚・出産支援制度「アカガミ」に志願したミツキは、そこで恋愛や性の歓びを知り、新しい家族を得たのだが……。

グッドバイ・ママ

柳美里　41188-0

夫は単身赴任中で、子どもと二人暮らしの母・ゆみ。幼稚園や自治会との確執、日々膨らむ夫への疑念……孤独と不安の中、溢れる子への思いに翻弄され、ある決断をする……。文庫化にあたり全面改稿！

JR上野駅公園口

柳美里　41508-6

一九三三年、私は「天皇」と同じ日に生まれた——東京オリンピックの前年、出稼ぎのため上野駅に降り立った男の壮絶な生涯を通じ描かれる、日本の光と闇……居場所を失くしたすべての人へ贈る物語。

ねこのおうち

柳美里　41687-8

ひかり公園で生まれた６匹のねこたち。いま、彼らと、その家族との物語が幕を開ける。生きることの哀しみとキラメキに充ちた感動作！

最後の吐息

星野智幸　40767-8

蜜の雨が降っている、雨は蜜の涙を流してる——ある作家が死んだことを新聞で知った真楠は恋人にあてて手紙を書く。鮮烈な色・熱・香が奏でる恍惚と陶酔の世界。第三十四回文藝賞受賞作。

呪文

星野智幸　41632-8

寂れゆく商店街に現れた若きリーダー図領は旧態依然とした商店街の改革に着手した。実行力のある彼の言葉に人々は熱狂し、街は活気を帯びる。希望に溢れた未来に誰もが喜ばずにはいられなかったが……。

また会う日まで

柴崎友香　41041-8

好きなのになぜか会えない人がいる……ＯＬ有麻は二十五歳。あの修学旅行の夜、鳴海くんとの間に流れた特別な感情を、会って確かめたいと突然思いたつ。有麻のせつない一週間の休暇を描く話題作！

ショートカット

柴崎友香　40836-1

人を思う気持ちはいつだって距離を越える。離れた場所や時間でも、会いたいと思えば会える。遠く離れた距離で“ショートカット”する恋人たちが体験する日常の“奇跡”を描いた傑作。

フルタイムライフ

柴崎友香　40935-1

新人ＯＬ喜多川春子。なれない仕事に奮闘中の毎日。季節は移り、やがて周囲も変化し始める。昼休みに時々会う正吉が気になり出した春子の心にも、小さな変化が訪れて……新入社員の十ヶ月を描く傑作長篇。

青空感傷ツアー

柴崎友香　40766-1

超美人でゴーマンな女ともだちと、彼女に言いなりな私。大阪→トルコ→四国→石垣島。抱腹絶倒、やがてせつない女二人の感傷旅行の行方は？映画「きょうのできごと」原作者の話題作。

次の町まで、きみはどんな歌をうたうの？

柴崎友香　40786-9

幻の初期作品が待望の文庫化！　大阪発東京行。友人カップルのドライブに男二人がむりやり便乗。四人それぞれの思いを乗せた旅の行方は？　切なく、歯痒い、心に残るロード・ラブ・ストーリー。

ビリジアン
柴崎友香　41464-5

突然空が黄色くなった十一歳の日、爆竹を鳴らし続ける十四歳の日……十歳から十九歳の日々を、自由に時を往き来しながら描く、不思議な魅力に満ちた、芥川賞作家の代表作。有栖川有栖氏、柴田元幸氏絶賛！

きょうのできごと　増補新版
柴崎友香　41624-3

京都で開かれた引っ越し飲み会。そこに集まり、出会いすれ違う、男女のせつない一夜。芥川賞作家の名作・増補新版。行定勲監督で映画化された本篇に、映画から生まれた番外篇を加えた魅惑の一冊！

寝ても覚めても　増補新版
柴崎友香　41618-2

消えた恋人に生き写しの男に出会い恋に落ちた朝子だが……運命の恋を描く野間文芸新人賞受賞作。芥川賞作家の代表長篇が濱口竜介監督・東出昌大主演で映画化。マンガとコラボした書き下ろし番外篇を増補。

きょうのできごと、十年後
柴崎友香　行定勲〔解説〕　41631-1

十年前、引っ越しパーティーに居合わせた男女。いま三〇代になった彼らが、今夜再会する……行定勲監督がいち早く、紙上映画化した書き下ろし小説「鴨川晴れ待ち」収録。芥川賞作家の感動作！

消滅世界
村田沙耶香　41621-2

人工授精で、子供を産むことが常識となった世界。夫婦間の性行為は「近親相姦」とタブー視され、やがて世界から「セックス」も「家族」も消えていく……日本の未来を予言する芥川賞作家の圧倒的衝撃作。

あられもない祈り
島本理生　41228-3

〈あなた〉と〈私〉……名前すら必要としない二人の、密室のような恋——幼い頃から自分を大事にできなかった主人公が、恋を通して知った生きるための欲望。西加奈子さん絶賛他話題騒然、至上の恋愛小説。

夢を与える

綿矢りさ　41178-1

その時、私の人生が崩れていく爆音が聞こえた——チャイルドモデルだった美しい少女・夕子。彼女は、母の念願通り大手事務所に入り、ついにブレイクするのだが。夕子の栄光と失墜の果てを描く初の長編。

憤死

綿矢りさ　41354-9

自殺未遂したと噂される女友達の見舞いに行き、思わぬ恋の顛末を聞く表題作や「トイレの懺悔室」など、四つの世にも奇妙な物語。「ほとんど私の理想そのものの「怖い話」なのである。——森見登美彦氏」

東京ゲスト・ハウス

角田光代　40760-9

半年のアジア放浪から帰った僕は、あてもなく、旅で知り合った女性の一軒家に間借りする。そこはまるで旅の続きのゲスト・ハウスのような場所だった。旅の終わりを探す、直木賞作家の青春小説。

ぼくとネモ号と彼女たち

角田光代　40780-7

中古で買った愛車「ネモ号」に乗って、当てもなく道を走るぼく。とりあえず、遠くへ行きたい。行き先は、乗せた女しだい——直木賞作家による青春ロード・ノベル。

異性

角田光代／穂村弘　41326-6

好きだから許せる？　好きだけど許せない⁉　男と女は互いにひかれあいながら、どうしてわかりあえないのか。カクちゃん&ほむほむが、男と女についてとことん考えた、恋愛考察エッセイ。

学校の青空

角田光代　41590-1

いじめ、うわさ、夏休みのお泊まり旅行…お決まりの日常から逃れるために、それぞれの少女たちが試みた、ささやかな反乱。生きることになれていない不器用なまでの切実さを直木賞作家が描く傑作青春小説集

忘れられたワルツ

絲山秋子　41587-1

預言者のおばさんが鉄塔に投げた音符で作られた暗く濁ったメロディは「国民保護サイレン」だった……ふつうがなくなってしまった震災後の世界で、不穏に揺らぎ輝く七つの“生”。傑作短篇集、待望の文庫化

薄情

絲山秋子　41623-6

他人への深入りを避けて日々を過ごしてきた宇田川に、後輩の女性蜂須賀や木工職人の鹿谷さんとの交流の先に訪れた、ある出来事……。土地が持つ優しさと厳しさに寄り添う傑作長篇。谷崎賞受賞作。

人のセックスを笑うな

山崎ナオコーラ　40814-9

十九歳のオレと三十九歳のユリ。恋とも愛ともつかぬいとしさが、オレを駆り立てた——「思わず嫉妬したくなる程の才能」と選考委員に絶賛された、せつなさ百パーセントの恋愛小説。第四十一回文藝賞受賞作。映画化。

カツラ美容室別室

山崎ナオコーラ　41044-9

こんな感じは、恋の始まりに似ている。しかし、きっと、実際は違う——カツラをかぶった店長・桂孝蔵の美容院で出会った、淳之介とエリの恋と友情、そして様々な人々の交流を描く、各紙誌絶賛の話題作。

ニキの屈辱

山崎ナオコーラ　41296-2

憧れの人気写真家ニキのアシスタントになったオレ。だが一歳下の傲慢な彼女に、公私ともに振り回されて……格差恋愛に揺れる二人を描く、『人のセックスを笑うな』以来の恋愛小説。西加奈子さん推薦！

ふる

西加奈子　41412-6

池井戸花しす、二八歳。職業はＡＶのモザイクがけ。誰にも嫌われない「癒し」の存在であることに、こっそり全力をそそぐ毎日。だがそんな彼女に訪れる変化とは。日常の奇跡を祝福する「いのち」の物語。

ボディ・レンタル

佐藤亜有子　40576-6

女子大生マヤはリクエストに応じて身体をレンタルし、契約を結べば顧客まかせのモノになりきる。あらゆる妄想を吞み込む空っぽの容器になることを夢見る彼女の禁断のファイル。第三十三回文藝賞優秀作。

東京大学殺人事件

佐藤亜有子　41218-4

次々と殺害される東大出身のエリートたち。謎の名簿に名を連ねた彼らと、死んだ医学部教授の妻、娘の“秘められた関係”とは？　急逝した『ボディ・レンタル』の文藝賞作家が愛の狂気に迫る官能長篇！

ナチュラル・ウーマン

松浦理英子　40847-7

「私、あなたを抱きしめた時、生まれて初めて自分が女だと感じたの」——二人の女性の至純の愛と実験的な性を描いた異色の傑作が、待望の新装版で甦る。

親指Pの修業時代　上

松浦理英子　40792-0

無邪気で平凡な女子大生、一実。眠りから目覚めると彼女の右足の親指はペニスになっていた。驚くべき奇想とユーモラスな語り口でベストセラーとなった衝撃の作品が待望の新装版に！

親指Pの修業時代　下

松浦理英子　40793-7

性的に特殊な事情を持つ人々が集まる見せ物一座“フラワー・ショー”に参加した一実。果して親指Pの行く末は？　文学とセクシャリティの関係を変えた決定的名作が待望の新装版に！

セバスチャン

松浦理英子　40882-8

「彼女のペットは私一人でいいみたいよ」——友人との「主人と奴隷」ごっこに興ずる麻希子の前に一人の少年が現れた時……。『犬身』の著者による初期傑作長篇！

おしかくさま

谷川直子　41333-4

おしかくさまという"お金の神様"を信じる女たちに出会った、四十九歳のミナミ。バツイチ・子供なしの先行き不安な彼女は、その正体を追うが⁉　現代日本のお金信仰を問う、話題の文藝賞受賞作。

ドライブイン蒲生

伊藤たかみ　41067-8

客も来ないさびれたドライブインを経営する父。姉は父を嫌い、ヤンキーになる。だが父の死後、姉弟は自分たちの中にも蒲生家の血が流れていることに気づき……ハンパ者一家を描く、芥川賞作家の最高傑作！

ロスト・ストーリー

伊藤たかみ　40824-8

ある朝彼女は出て行った。自らの「失くした物語」をとり戻すために——。僕と兄と兄のかつての恋人ナオミの三人暮らしに変化が訪れた。過去と現実が交錯する、芥川賞作家による初長篇にして代表作。

スタッキング可能

松田青子　41469-0

どうかなあ、こういう戦い方は地味かなあ——各メディアで話題沸騰！「キノベス！　2014年第３位」他、各賞の候補作にもなった、著者初単行本が文庫化！　文庫版書き下ろし短編収録。

英子の森

松田青子　41581-9

英語ができると後でいいことがある——幼い頃から刷り込まれた言葉。英語は彼女を違う世界に連れて行ってくれる「魔法」のはずだった……社会に溢れる「幻想」に溺れる私たちに一縷の希望を照らす話題作！

柔らかい土をふんで、

金井美恵子　40950-4

柔らかい土をふんで、あの人はやってきて、柔らかい肌に、ナイフが突き刺さる——逃げ去る女と裏切られた男の狂おしい愛の物語。さまざまな物語と記憶の引用が織りなす至福のエクリチュール！